卡卡的信仰

崔曼莉

著

人民文学出版社

图书在版编目（CIP）数据

卡卡的信仰：崔曼莉中短篇小说集/崔曼莉著.—北京：人民文学出版社，2022
ISBN 978-7-02-012480-0

Ⅰ.①卡… Ⅱ.①崔… Ⅲ.①中篇小说—小说集—中国—当代②短篇小说—小说集—中国—当代 Ⅳ.①I247.7

中国版本图书馆 CIP 数据核字（2020）第 163011 号

责任编辑　赵　萍　王昌改
装帧设计　陶　雷
责任印制　任　祎

出版发行　人民文学出版社
社　　址　北京市朝内大街 166 号
邮政编码　100705

印　　刷　三河市博文印刷有限公司
经　　销　全国新华书店等

字　　数　160 千字
开　　本　880 毫米×1230 毫米　1/32
印　　张　8.625　插页 3
印　　数　1—5000
版　　次　2022 年 1 月北京第 1 版
印　　次　2022 年 1 月第 1 次印刷

书　　号　978-7-02-012480-0
定　　价　45.00 元

如有印装质量问题，请与本社图书销售中心调换。电话:010-65233595

新版序
我的小说与我

二〇一〇年的春天,我正在休整。八年不间断地写作,一部中短篇小说集与两部长篇小说(《琉璃时代》《浮沉》)消耗了大量的心力,我第一次感觉到累。

本来计划休整结束后,我兵分两路,一是继《琉璃时代》之后完成另一部民国长篇,同时,静候着《浮沉》第三部的到来。

我清楚记得构思好《浮沉》第二部的大致内容后,我一直没有动笔。当时出版社与读者们都催得急,我也不便解释。有一天,我从上海乘火车回南京,当时是下午,车厢内光线明亮,车身轻轻摇晃着,很是舒服。也不知为什么,突然有一小段时间,光线暗了下来,不仅是窗外,窗内的也变得昏暗朦胧。一瞬间,我的心悸动起来,既幸福又带着微微的疼痛。我坐在座位上,略微缩起身体,尽量减弱冲击。小说中的人物、情感、命运扑面而来。我知道我可以动笔了。

我的每一部小说,都是我一见钟情的爱人。我不知道如何解释这种相遇,总之除了构思与写作,这种相遇是我小说的生命之源。我从不认为小说是死的,我认为它们是活的,不仅活而且活活泼泼,充满了能量。

它们引领着我,给予我小说创作中所有的需要,而我则通过文字,一点一点将它们呈于人世间。

如果没有这种感觉,我宁愿不动笔。

就在那个春天的一个傍晚,我去超市买东西,父亲来电话,让我回南京。他说小舅走了。我莫名其妙地一阵愤怒,质问他什么叫走了。

父亲说，母亲和舅舅们一起去踏青，在高速公路上出了车祸，小舅走了，大舅在抢救，母亲正被救护车送往南京。他让我赶紧买票回家。

记得那一晚我反复给父亲打电话，我怀疑母亲已经不在了，他怕我扛不住，所以欺骗我。我不停地告诉他我可以的，我能行，直到我听到急救医生说，母亲还活着，这才稍稍安心。

事隔十年，我到现在依然感觉如在梦中，似乎有人拍下我的肩膀，我就能醒过来。那场车祸没有发生，小舅还活着，生龙活虎地与我聊天。大舅更活着，已经搬到北京画画，如他当初所说，为人父为人夫的责任都完成了，作为艺术家，他要把人生最后的时间都献给艺术，当一个文艺老青年。

小舅是我的故事会，我们俩坐下来东南西北，比着说故事。大舅是艺术会，东说西说，总离不开书画。我出生时，他们都没有成家。我像一个小尾巴,在外婆家跟着他们玩耍。大家坐在一起,总有说不完的话,不仅说不完,还要比着说,比谁说得更有趣,谁说得更精彩。他们心里有忧愁,但从不表现,我则无忧无虑,笑得从板凳摔进桌肚里。

人生很多底色,就在那样的聊天中渐渐建立了。而外公与大舅的争论,永远是聊天里不可少的内容:什么是如锥画沙？什么是入木三分？碑学与帖学、二王与钟繇、用笔与结体、继承与创新……

中国艺术的千古之争,父子俩论起来没完没了,我和小舅互相挤眼睛,趁机多喝茶、吃点心。

后来两个舅舅各自成家,相聚少了。再后来我离开家乡来了北京。外公外婆高寿去世后,大舅常自嘲,说父母走了,他是面对死亡的第一梯队。大家听了哈哈乐,说我们是长寿家族,他这个队要排很多年的。

我们在有常里过得太久了。日日生活、年节聚会,老人们老到不能再老了,就离开人世。我们忘记了世事无常,人生的伤心之外,还有不可测。

一夜不曾合眼,我飞回南京。下飞机打给父亲,父亲的第一句是大舅走了。

我在赶往医院的路上充满愤怒,我不像去照顾母亲,倒像去打仗,要在死神带走两位舅舅之后,为抢夺母亲而战。

车窗外江南春色翠绿娇艳,我的心沉入一片白色茫茫。我的眼睛和心灵产生了分离,我陷入漫长的噩梦,并且再也没有能力醒过来。

夏天之后我回到北京,精疲力尽。

此后秋天、冬天、春天。我不断接到母亲、舅母们的电话,话说来说去,如同她们的悲伤一样,怎么说也说不完。

第二年春天,南方暴雨,母亲于深夜给我发了一条信息,她说她开始写字了,家里的书画不要断了。

不要断了。

外公与大舅对我的教育纷纷回到眼前。我虽然走了一条文学之路,但艺术启蒙与熏陶是我的文学基础。我有一支笔,没有写字画画,却可写小说。我要把那些争论写进小说,写成小说。这不是他们的故事,也不是我的故事,而是一个不要断了的故事。

我把宣纸铺在地上,写下巨大的两个字"风舞"。

从这两个字开始,我重读中国古代书论与画论,重新拿笔恢复书画训练。这不是为了疗伤,更不是为了写外公与大舅的命运,而是为"不要断了"。

"不要断了"是多么重要的事情。艺术也罢文学也罢,文明最基本和最重要的事,从来都是"不要断了"。

梁启超说,知识分子研究学问,既要精微又要博杂,更要用平实的语言将这些知识传播给大众。

如果这个语言是一个故事、一本小说呢?

"不要断了"是一代又一代人努力的结果。这其中有大师与学子们的薪火传递,有大学的建设与教育,还有很多家长们带着孩子奔波在少年宫、培训班、书画展……而在江南的某些年的某些时刻,是父子俩对坐桌前,不停地探讨与实践。当这一切变成激情与爱,潮水一般向我涌来,我的努力,则是以我之笔写下一部小说。

此后九年,我不停地对书画进行学习、研究与实践,同时一遍又一遍创作并修改小说开头、小说语言、小说结构、小说的一切又一切。

很多人问我,你还写《浮沉》三吗?

还有人问我,你还写作吗?

我张了张嘴,不知从何答起,只说,在写。

不要断了,不能断了。

我有责任,更有发自心底的爱意与执着。

感谢人民文学出版社再版我的《浮沉》一、二部,《琉璃时代》与《卡卡的信仰》,这对我是莫大的鼓励。同时以这篇小文作为再版自序,说说我的这些年。没有写完的小说我一定会写完,而完成的作品不论好坏,在当时我都尽力了。

现在再看它们,缺点有的,遗憾有的,但是,没有后悔。

大概这就是青春吧。

崔曼莉

2021 年春

目 录

房间　1

关爱之石　31

卡卡的信仰　71

杀鸭记　89

山中日记　99

两千五百公里以外　115

他乡遇故知　127

麦当劳里的中国女孩　139

熊猫　147

求职游戏　179

房　间

我的房间，大约十二个平方，从靠近阳台门的一对老式沙发旁走出去，阳台上到处是绿色的植物。啊，我说"到处"这个概念肯定是不准确的，因为我的视线被控制在房间进门处的大床上。我枕着比常人高出一倍的枕头，身体由北向南，在床上摆出一条直线。由于身体不能移动，它从八岁开始就不再移动。当时我的母亲和我在一辆公共汽车上，我还记得那天下午，我们准备出门，奇怪的是我不能记起我到底要和我母亲到哪里去，但是我却清晰地记起我看着街对面的车站处缓缓驶进一辆我们要乘坐的公共汽车，我拉着母亲的手，在车辆还挺多的街上，横穿了过去。我常想如果那时候我们被一辆飞驰的汽车撞倒，那么我的痛苦可能就会小些，因为错误是由自己的急切而导致的，在承受命运的同时也把一部分的责任转嫁到自己的头上，那么痛苦由此不再纯粹，它更多的是悔恨：如果我不横穿马路的话……。事实上，我们平安地到达了车站，跟着两三个上车的人迈上了公共汽车，我和我母亲的车钱由我放进汽车门口的投币箱里，我喜欢用力地把钱币投进去，它们发出有些闷但还算清脆的声音，从投币箱的入口滑到箱底。我和母亲走到车的中间位置，扶着车座椅的把手站好，这是最后的记忆，我大约应该在那个位置站了有几站路，沿途所见的风景全都想不起来，我现在所能记起的，就是我母亲在最后的时刻给我的拥抱，她几乎一下勒住了我，似乎这样就可以避免飞来的横祸，可能就这一抱真的把我留在了人间，我再也没有见过她，她和我横穿马路的时候就是我们母女最后相见的时候，但是那个时候，我是跑在前面的。

  我躺在床上，视线在房间里随脖子的扭动呈直线扫射。我对阳台一目了然，真的可以用"到处"这个词形容阳台上的植物们：它们的颜色非常难以叙述，因为长时间的观察，我发现用"深绿、墨绿、淡绿、浅绿"等有限的词语来形容这些千变万化的植物颜色是多么的困难，不仅仅是由于它们的品种和习性带来的色差，即使相同季节里的两个清晨，由于天气的好坏，晴或阴，甚至两个晴天，由于太阳光的忽多忽少，它们都呈现出与昨天不一样的形态。如果你认为我对于这些实在是没有必要的讲究时，我就要提醒你，亲爱的朋友们，在我一整天的时光中，看着它们占用了我大量的时间，它们是我的伴侣，是我度过漫长时光中不可缺少的朋友。而这样的一整天，不是一朝一夕，而是大约十三年吧。

  阳台上的植物有的长大了，被挪到了地上，有株文竹居然长到了两米高，全身的叶片茂盛而且稠密，透露出森林才有的气息。后来我父亲为了生计，把它卖给了一家单位。我非常难过这株文竹它要离开我，但是我什么也没和父亲说。我明白他很不容易。那株文竹刚来我家的时候就放在我的床头柜上，才十几厘米高，后来渐渐大了，换了大盆，那个盆子占用了太多的面积，以至于我的很多药物都必须放进抽屉里，这拿起来实在不方便，我父亲便把它放在窗台上，这样它缓慢地在我家变换位置，大约两三年变一次，长了有近十年之后，基本上，我认为它已经永远地离开了我。但是不管有什么走了、死了，就立即有新的补充进来，而且大多是四季常青的，我父亲对这些东西的热爱影响了一些朋友和亲戚，他们在过节的时候就会送上一盆鲜花，拥簇在我家的阳台。这样，一个父亲对瘫痪女儿无微不至的关爱以及旁人对他们的怜悯就通过这些美好的植物传达出来，装点着我的视线。

　　这个房间真的很让人感觉舒服。我没有怎么去过别人的房间，但是每一个进来的人都会先对房间发出由衷的赞叹。即使没有那绿色葱茏的阳台一景，整个房间的布置也是尽可能的精彩：床罩、窗帘、沙发套布的花色总是一致。在春天，它们都有一套绿色碎花的衣裳，使面积不是很大的房间突现出整体性。在沙发靠墙的位置，还摆着一台落地灯。它是由假山石做成的，当电机开始工作时，一股水流就从近两米高的山石顶上顺着石缝往下流，然后击打在石底一个小水池一样的圆形陶桶中，这样水流声就产生了丰富的变化，往下流的时候是细细的哗哗声，落进池底的时候是闷闷的嘭嘭声。当然，不管它们如何变化，它们使这个房间有了流水的声音，有了活泼的、不同凡响的动静。至于那个灯，它隐蔽在山石的中间，一般是不打开的。您可想象进入这样的房间，整洁的陈设、潺潺的水声、绿意盎然的阳台，那么即使有一个长年卧床的病人，也不能抵消这房间使您产生的喜爱之情吧。

这个病人，身体被美丽的布匹覆盖着，头靠着柔软的枕头，虽然她不能移动脖颈以下的部位，但是只要有人走进她的房间，她就会绽开微笑。她的头发在清晨就被父亲梳得整整齐齐。为了更方便地照顾她，医生曾多次建议父亲给她理一个光头，再戴上帽子遮盖，但是父亲则给她留了一条长长的辫子，随着季节或者当天的心情给她梳理。在她床头柜的抽屉里，摆放着各种颜色、各种形状的头绳和发卡。在这方面的打扮，她可能比许多女孩子都要丰富。"你是一个漂亮的女孩"，父亲从她出事以来就常常这样讲。他竭力让她和平常的女孩子一样，这个"一样"不是指身体上的，而是一种精神上的饱满和自信。即使一根美丽的辫子，只要可以做到，他就不会让她落后于人。

在床头靠里的地方放着一个非常精致的架子。这是我父亲想了许多个日夜才设计出的。它可以固定住一本书，使它站起来，当我看完一页后就用嘴唇轻轻舔过一页，套在架子底固定书页的地方，然后再看。自学有很多好处，可能我的知识不够全面，但是它是符合我的心意的，是按着我的性情扩散开来的。我的学习十分缓慢，对于长年瘫痪的病人，很多细小的事情常常会迫使我中断下来。便溺在床上越来越使我感到羞愧，但这不能受我控制，而且有时因为我父亲必须工作不能在中午赶回来。这些污物就会浸蚀我的皮肤，得上我感觉不到的病。我的肉体是无知觉的，可笑的是，我的鼻子却可以闻见它们发出的不良气味。每当此时，我的鼻子就会使我停滞下来，让我回到那些痛苦的现实中。我焦虑不安，期望父亲赶快回来，同时又觉得父亲是那么的可怜。我，完全是个废人。我所有的学习都不能进行下去，我陷在那些无望的日子里，计算着我的年龄，我已经二十出头了，父亲也快五十了，生活到底在什么时候才能停止？

就是这样，我仍然读完了大部分我的同龄人应该读完的书。童话与诗歌是我最喜欢阅读的两种文体，英语也很不错。床头的小录音机，我可以用下巴勉强控制它，让它放音或是停止。我的牙齿可以帮助我咬出不想听的磁带，再放进想听的歌曲或者英语朗读。在两年前，有一样东西使我完全地投入，这大概已经超乎了我和我父亲的想象，就是电子计算机。这要完全感谢我的一个小学同学，余小可。这个名字和她本人是相符合的，她就是个可爱的女孩子，在小学和我同班两年。本来我们的友谊也是一般，但自从我出事以后，她天性里的友爱完全地体现出来。这十三年，她大概是我最好的朋友，基本上每隔几天她就要来看我，和我唠叨一些学校里的事和她对生活新奇的想法。她是个有点奇思怪想的女孩，这使她看待我的时候从来都是当个正常人，如果她的同学或者老师在精神上面不符合她的理想，她就会在我面前说"那个残疾"，这样尖刻的话从她的嘴里说出来一点也不使我讨厌，相反，我会觉得自己有了某种优越感，甚至有些骄傲。她的性格完全是外露的，这往往会使人觉得轻佻，但是她又有种宽厚的天性，这就使人在她的活泼面前完全满意了。她不仅承担了我精神上的需要，甚至在很多方面，她都成了我们家不可缺少的"帮手"。我父亲给她配了一把钥匙，当她逐渐长大以后，我父亲不能按时回来，她就到我们家，给我按时喂饭、擦身、换衣服……，甚至扫地、浇花、洗前面剩下的碗。这样的友谊是难以表达的，要知道，她是家里唯一的女孩子。长期以来，她所有的家务活都是在我们家里学会的，她的父母可能都不知道她有多么能干。到了高三，她的爷爷奶奶也不让她在家里冲一瓶开水。可那时候，她已经照顾我很久了。

我认为我的房间里如果坐着余小可，那么这个房间就是完美无缺的。她比阳台上的绿色植物更加生机勃勃，比假山石上的流水更赏心悦目。夏天她常穿裙子，结实白皙的小腿在我的视线里走来走去。我常常想促使她来到我身边的动力到底是什么，一个人的友爱到底能有多大的魔力，可以让她持续这么久？

在学习电脑这个问题上，她说干就干，像平时一样性急。她找我父亲谈话，两个人坐在外间吃饭的桌子旁，我不知道他们是面对面呢，还是肩并肩。他们的声音从外间传来。余小可就好像在下一个必须服从的命令，喋喋不休地列举网络可能给我的生活带来多么大的乐趣。父亲则哼哼哈哈地答应着。这时太阳已经落山了，阳台上所有的植物都模糊成一些黑色的影子，在夜晚，它们失去了它们的优势，即使保留了一些姿态，因为阳台上没有灯光，那也无济于事了。我的床头亮着台灯，照亮了我卧在床上的被子，我倾听着他们的声音，沉浸在一种甜蜜之中。渐渐地，因为这甜蜜的感受实在让我不愿意它停止下来，我产生了一个奇怪的想法，如果余小可嫁给父亲，那么这甜蜜的感受就完全真实了，不再是某种幻想。听，余小可的声音："家里还有钱吗？"完全像个又能干又体贴的主妇，而我父亲回答她："有，不过还要再想想办法。"我不知不觉地流下泪来，转过头，看着余小可贴在我床边墙上的她的照片。照片上的女孩子非常年轻，也很可爱，她全无心机地开朗地笑着，和客厅里那个在谋划生活的女人根本不是一回事。这个照片上的女孩子，打消了我喊一声妈妈的渴望。

等到他们谈完，余小可进来向我告别，我父亲跟在后面。现实比照片上更加令人难受，余小可还是照片上的那个女孩，而我的父亲，苍老还在其次，他跟在余小可的后面，显然失去了前者的年轻而带来的生命力及追求的勇气。他们像两个世界的人，即使要安排在一起，那也只能是父女二人。

我在这样复杂的心态下开始学习电脑了。显示器被一个架子固定在床的中间，高离我的被子，主机放在床边，最难解决的是鼠标。父亲和余小可反复实验，在鼠标上装了一个类似于夹子的东西，在它的后面焊着一根柄，我咬着那柄，就可以前后左右地推动鼠标，然后我把它松下来，咬起它上面连接的两个把子，一个可以带动左键，一个可以带动右键。当然，实际的操作要比叙述困难许多，夹子需要改进，我也需要练习，但是长期的各种困难早已使我对这种心理上的折磨视而不见,我只是暗暗感激父母遗传了一副坚硬的牙齿给我。他们在我小时候常常向别人称赞我从不需要看医生的、雪白的牙齿,我不知道父亲是否回忆到这些时就会感到人生的无常与悲凉,这副被人们称道的牙齿,在我漫漫人生中,它们成为我唯一可以使用的"双手"。当然,从某种程度上,它也证明了上帝是公平的老话。

至于键盘,我们用另外一根金属棒来加以控制。它一头稍稍弯曲,像一根向内勾起的手指。只要我把它笔直的一头咬住,把弯曲的另一头对准需要敲击的键用力一敲,就可以了。这样做一些简单的操作是可以的,但是写字的话就太麻烦了,好在有电脑识别的写字板,这倒不难,因为我早就会用牙齿咬着笔写字了。现在,我的房间还是很整洁,但是整个床上因为这些杂七杂八的东西显得零乱,不过我一点也没有觉得它们不好,我看着它们,绿色的显示器在床头闪烁,我的冰冷的却行之有效的操作工具放在头面前的一块架子板上,我就觉得世界是如此美妙,我将为之欣喜若狂了。

每天清晨,我父亲临上班之前,喂我一点半干的早餐,帮我刷牙擦脸梳头,把床头重新整理一遍,最后,他打开电脑,把这个奇怪的发明唤醒,它呈现出另一个世界,我不能说它真实,因为它所有的东西都是经过了加工,可我又不能说它不真实,从我们行走的街道到我们居住的房屋,从我们吃的、穿的、用的、享乐的,甚至到我们互相交谈时所依赖的语言,我们的生活有什么是不经过加工的呢?

我的技术进步飞快,余小可称赞我是网络天才,我想天才不过是因为我只能把全部时间用于此处。我卧在我的房间,但是我的身体已经借助网络离它而去。在网上很多地方,我都是极其活跃的,诗歌、短文、动画,凡我能做的,一定做得精彩,虽然每个作品都需要花费大量的时间,但是我除此之外别无他事,时间一久,我的作品就显得很丰厚了。

其实之前你们就应该有所察觉,一个喜欢诗歌与童话的女孩,她怎么会对爱情无动于衷呢?更何况,她长年地蜗居在一间充满春天气息的房间,她的心灵被这个房间的气息浸润着,她的身边除去父亲,基本上没有什么男性的痕迹,那些在过年过节前来探望的人中,是有一些年轻的男人,但是他们只是在她的房间偶然露面,并且常常表现得不知所措,他们既不能表示明显的同情,也不会表示莫名的好感,他们对于她来说,从来就与爱情无关。她自己也不知道,在生活的细节方面,她父亲的处理是否正确,那每一天梳理得整洁的辫子,那一抽屉变化多端的发卡,对于爱情的实现,是否都是一种可能的暗示。还有余小可,把健康人说成"那个残疾",以及在她身边长达十余年的友谊,都是否会使她对自己的魅力产生某种遐想,还有那些历史上确实发生了的奇迹:英国女诗人勃朗宁夫人用爱情治愈了瘫痪。这些一点一滴,都会使她不能阻止对于"爱情"的渴望。当她面带微笑,聆听着余小可每天的生活琐事,她就在想,她这样温顺的性格,是否也会使一个男人愿意坐在她的床头,向她倾诉生活里的烦恼。

她所有的诗歌和短文，还有那些动画，都带着这种压在心底的渴望，她把这些渴望转化成了另一种东西，她歌颂爱情，歌颂这使人不能自已的微妙的情感。由于她从未得到过这些，也就是她从未从中受到伤害，所以她的歌颂几乎有着孩子们才有的纯净与天真。然而，一个孩子又不能拥有她如此巨大的热情，所以她的诗歌与短文，可以用"奇特的优秀"来形容。

我在网上注册了个人网页，名字的灵感源于这个房间，我自己设计的页面里就有一个绿色朦胧的阳台和一个水流汩汩的瀑布。"小屋子"网页的主人也叫"小屋子"，我想广交天下朋友，欢迎那些在现实生活中劳累的人们到"小屋子"里休憩。

余小可却不太喜欢上网，我想这是源于她在现实中和人交往的自如与自信，一个在这方面没有障碍的人，是不会喜欢网络，网络说到底，不过是种不彻底的、虚幻的交往。

但是她觉得我的生活有了新寄托，对此十分高兴。这也满足了她当初竭力让我学习电脑的初衷。我告诉她新写的诗、短文，她往往是我的第一读者，她也不太懂这些，但是她总是说好，非常好，还说将来有机会帮我出书。她的生活也有了变化，她在一家大单位毕业实习，估计会被留用。她还有几个追求者，她总是说起他们，语气里对他们的辛苦视之泰然，甚至觉得他们所受的折磨还远远不够。她挑剔他们，在他们的问题上，她突然表现出的残酷，使我隐约地不安，她似乎有种嗜血的愿望，让他们为她生、为她死，死时，也得不到她的爱，所以不能瞑目。这和想象中的爱情有多么大的不同啊，我有时也劝她，可是她对我的劝说不以为然，她总是说，你太单纯了，在这方面。有一句话，她大概没有说出口：你怎能知道什么是爱情呢?! 隐隐约约地，我觉得她在骂人是"残疾"的时候并未把对方当成"残疾"，因为我，她对残疾的意思理解透彻，她知道真正的残疾是什么样子的。

为了和网友"风中之枫"见面，我们几乎吵了起来，她在房间里走来走去，因为有些话说不出口而烦躁不安，我知道她的意思，我一个瘫子，怎么能希望一个男人见了我之后还可能保留那方面的感觉。但是我非常固执，我觉得哪怕有百分之一的希望都可以一试，余小可说她不能帮助我，因为她不愿意我受到伤害，她说她不会带那个男孩来见我，我几乎都要哭出来了，我知道没有她的帮助我连为"风中之枫"开门都做不到，而这种事情，怎么好意思求助父亲，何况，我连百分之一的把握都没有。我拼命忍住泪水，看着她朝气勃发的身体在房间里快速行走，我不知道我是应该责备她还是应该怨恨她，这个亲爱的朋友，她如此无情地伤害了我，连基本的理解都不愿意恩赐我一点。最后，她说，我要先给"风中之枫"写一封信，说清楚我的情况，如果他还愿意来见我，她就帮我这个忙。她打了一盆水，拿着一块抹布，在房间的各个角落擦拭灰尘，她突然地就不像她了，她说："如果勃朗宁的事情不算奇迹，历史也不会写下来……，生活本来就残酷……，谁还真的向往爱情……。"我忍不住反驳她："你也不追求爱情了？"她愣了一下，那反应的迟缓分明是说她和我不一样，她有这个追求的资格，因为生活对她不残酷，她四肢健全、皮肤细腻、五官端正、青春年少！但是她没有如实地回答我，她说："我也可以不追求的。"

当我费力地用嘴在写字板上画出那封信的内容，一个字一个字地，告诉"风中之枫"我是一个全身瘫痪的女孩，唯一能动的就是我的头，我现在给他写的信是嘴咬着写字笔写出来的。我忽然觉得我的这些话看上去毫无赤诚之处，而且，它似乎更像一个笑话，或者一种由女孩子臆想而出的对男孩的考验。我在写信之前的那种担忧和希望之情全部被我自己的信给毁灭了，我突然明白他不会相信我，更难以理解一个严重瘫痪的人如何上网和与他通信。果然，他大概不假思索地就回了信，在信中他铿锵有力地说想立即见到我"如春风一般的脸庞"，为了表达他的决心，他在脸庞的后面复制了大约几百个"！"。

我看着这样的回信，独自一人，父亲还没有下班，余小可也有几天没来，我觉得他又可爱又好笑，同时我也明白了余小可的担心，我永远不能和正常人相提并论，甚至，在我说出我的真实情况后，对于普通人来说，只要他们没有亲眼所见，那都是超越想象的东西。我原来和他持续两个多月的通信，那种朦胧的盼望回信和写信的热情全部被那几百个"！"击倒了，我咻咻笑着，却难以流下眼泪。

我如期约他前来，请余小可帮我把他从楼下的那条街接到我家。我无法说清我家到底是怎么走的，整整十三年，我没有离开过我的房间，因为他要来，我才想起我对于楼下的街道是多么的冷漠，在我还是可以跑或跳的时候，我曾在这条街上进进出出不下几千次，可是我一旦失去了活动的能力，我似乎就对它失去了兴趣。我对于自己的这个发现让我惊讶不已，我详细地询问了余小可楼下的街道是什么样子，与十几年前她走路到我家来看我时有什么了不起的变化。余小可漫不经心地回答着我，似乎欲言又止。像我们这样的朋友，有些话是不用说就可以明的。我让她不用担心，我和"风中之枫"的见面早已经与爱情无关了，我只是想让他知道，他的想象力远不如生活来得残酷。余小可显然对我的话不能信服，她又一次地给我梳了辫子，对着我脸详加考虑，她从包里拿出一个蓝色的小包，里面装着眉笔口红之类的东西，她要给我化妆，我不同意，她说这样会更漂亮一点，我还是拒绝了，我说你待会儿好好地看一下这条街吧，我只想知道这个。

"风中之枫"是一个体态略胖的年轻人，比我小一岁，正在计算机系读一年级，他很腼腆，脸涨得通红，他大概还没来得及问余小可是不是"小屋子"，就被余小可的自我介绍破灭了希望，余小可看着他，有些冷淡，她说她第一眼看见这个什么"风中之枫"就知道他什么也不会明白，即使他看见我的样子也还是什么也不会明白，余小可用了与她的年龄很不相称的话，她说那就是一个傻儿子。

当然，余小可这样说他是完全站在我的立场的，事后我也很后悔，因为我只想到了我自己，怎么能把他的单纯当成他的缺点呢？当他坐在我的房间，看着我，我床头的药物，我整个身体掩藏在床单下面，还有余小可端茶送水时冰冷的表情，他就被所有的这些搞蒙了，他还没有经验及能力处理这样的事情，他说不清楚安慰我的话，也说不清楚让他自己得以安慰的话，他几乎快要哭出来了，鼻腔里发出嗡嗡的共鸣。

我很为他难过，我觉得我嘲弄了他，尽管我不是有意的，但是我在心里面是看不起他的，我憎恨他对我信里的内容那种不假思索的态度。

我明白了我应该在"小屋子"公布我的病因。我本以为在网络上我就能虚拟成一个正常人，但实际上，我真正渴望的还是真实世界里的交流，只要有一点和我的真实情感密切相连，我就不能无视于它，只活在网络虚拟之中。我很感激"风中之枫"，他在"小屋子"里发表了一篇文采平平，但是真实可信的短文，为我的说法作了旁证。

我的生活总在歧途，而且它还不是一条直线，它像个绕不出去的迷宫，走了一条错路，又拐上了另外一条错路。面对这不知受谁控制的转变，我的智慧，加上我父亲和余小可的，都是那么缺乏经验与预测力。突然地，我就成了一个名人，一个竟然可以用嘴来识字、读书、在网上制作东西的人，他们把我当成了张海迪式的人物，认为我的毅力坚不可摧，战无不胜。我的房间从此朝着社会打开了大门，平静的生活结束了，而我，是在它结束很久之后，才突然明白它已经消失无踪。

记者们常常进入我的房间,他们的闪光灯会光临房间的每个角落,阳台、落地灯、床头上杂乱的各种操作棒,当然,最重要的,是那个在被单里露出头脸的我。我出现在报纸上、杂志上、电视机上。我瞬间就成了名人,我的房间里挤满了慕名而来的市民,他们有的只是来看一看我,有的给我带来了礼物,还有的向我倾诉烦恼,询问坚强的理由。他们坐在床对面的沙发上,在床头柜旁边搬来板凳,他们的声音和表情在这个房间里留下记忆。由于我表达了我对父亲的爱及对余小可的感激之情,他们俩也成为记者们采访的对象,记者对父亲进行了专访,拍了一组他在单位工作和在家照顾我的照片,刊登在当地报纸的头版上。而余小可,她出乎意料地拒绝了所有的采访,她似乎很轻视那些记者,甚至对我,也表现出了同样的态度。

这个从八岁起就和我建立了超乎寻常的友谊的女孩,在这个时候,我才感到我们并不是互相了解的,甚至,我们彼此都有一种吃惊的陌生。当你说这是我从小一起长大的哥们儿的时候,可能恰恰是说:"这是和我认识时间最长的人,但是我根本不知道他是谁。"比如余小可,我知道她不喜欢吃牛肉、第一个初恋男生是同桌、她喜欢文学和电影、比较讨厌她班里一个女生……,但是超出了这些由彼此倾诉而了解的事实,同时面对一些问题,我才发现,我真不知道她会怎么样来处理。

就在我们的关系逐渐疏远的时候,有一个比我大七岁的文化公司女经理填补了余小可的空白,她第一次到我家带了一大堆的礼物,还要捐钱,被我父亲竭力婉拒了。这是个和余小可截然不同的女人。烫着乱蓬蓬的短发，身体很胖，但是穿着很时髦，所有衣服的色彩都是极鲜艳的，如果有图案，也都是夸张和变形的。余小可见过她一面，就几乎是生理性地对她很厌恶。但是她什么也没有说，只是来得更少了。

这个女经理的声音像她的体积一样洪亮，当她笑的时候，就爆发出一阵巨大的哈哈声，明显地在房间里可以听见共鸣。她的语气和说话的表情都很丰富，还伴随着大幅度的手势。她说她不怎么会做家务，除了笨拙地给我梳过头以外，她就对这些事情失去了耐心。但是她仍然强调我是她最欣赏的女孩。她反复地说她如何地喜爱我，我虽然有时不免对她产生疑惑，但是在这样热情洋溢的友谊面前，我还是全盘接受了。

事实上，她对我的友谊是莫名其妙的，她有个男朋友，但是似乎她对他的把握不大，她总是来和我说他们之间又发生了什么和刚开始发生了什么，就像突如其来的一次失火，她闯进我的生活，并且，又很快地离开了。但是她却真正地把我和余小可从亲密无间的战友转变成为一种平等的朋友关系，我似乎可以不再依赖什么人了。当人们在网上，在报纸上把我当成英雄的时候，我就像经过膨化机的玉米，感到某种有力的东西伴随着我成长起来。

在这段时间，除了已经疏远的童年友谊，我身边常常有嘈杂的人声，但是孤独却与日俱增，因为没有一个可依赖的亲密的谈话对象，我表现得越好，就觉得轻松快乐越离我而去，我想我大概迫切地需要爱情，那些来看我的人中,有许多男人,我总是记住他们中年轻的一些,在心里对他们一一比较,并且产生某种故事性的联想。我的"小屋子"得到了很多捐赠,我忽然之间就有了钱,在刚开始,我曾想过要把钱退回去,但是渐渐地,我就知道我离不开这些钱了,它使我对生活真正有了希望,我可以自己养活自己,甚至孝敬父亲、犒劳朋友,我得到的那些虚名,是建立在这些人民币之上的,没有它们,那股力量就是空的,是打不死人的。我和一家出版社联系签了合约,我急功近利,渴望可以进一步出名、赚钱,获得男人的爱。

这股说不出的气体在我的胸中激荡,它使我烦躁不安,却也使我勤奋工作。那些来访的人如果敏锐,就可以注意到我眼神中的变化,我学会了对他们微笑,与我原来的真诚的因为友谊的微笑千差万别,在朝他们微笑前,我就在想他们能给我带来什么样的好处,如果有,我的微笑一定是容光焕发的,如果没有,那就是一种应付的,但是自我感觉良好的身份。还有男人们,在那些年轻男人的面前,我的微笑,开始朝他们发出信息,我时而害羞,时而惊奇,时而咯咯咯地欢笑,总之,那种微笑充满了暗示,如果我是四肢健康的女孩,他们一定觉得我的不知羞耻,因为我的病,他们就不会往那个方面多想,他们以为我是纯洁的处子,十三年未出过这样清新的房间,我的心灵,定不会受到污染,他们忘记了我本来的欲望,是存在于我健康的大脑中。

也有极聪明的男人嗅出了我的味道,有一个学设计的学生,非常漂亮，漂亮得在很长时间我都对余小可隐瞒了他的存在，为了害怕在他来访时余小可不请自到，我借口那个女文化经理要在我的房间暂住，问余小可要回了我的家门钥匙。这把钥匙还从未离开过她，她在听到我的要求的时候曾用一种难以置信的眼光询问着我，但是我的头脑里全是那个学设计的漂亮的五官，我一想到他那样的男人接触到余小可：既聪明可爱又温柔大方，我就不能有任何的保障，尽管在我的生活之外他有无数的可能遇上美好的女人，但是因为我无法预见，也就无从防范，但是，现在有这样一个女人就在我的身边，我怎么能把他拱手相让。我收回了余小可的钥匙，也就是说，我必须在爱情上有所建树，以弥补我在友谊上的损失。我借口无人照顾，那是个挺善良的男孩儿，一个在本地读书，也许是孤独或者内向，他没有什么朋友，在网上看到我消息后来拜访我，渐渐地我们熟悉了，他对我并没有什么其他的想法。在刚开始，我的借口生效了，他常来看我，他还挺会做饭，但是渐渐地，他就发现了我的微笑，那种女人在追求某种情感时才有的微笑，他几乎是什么也没想就退出了，他还是会来照顾我，但他会拉上他的同学，或者，他说将来要和女朋友一起来照顾我。他认我做姐姐，以此来把我的微笑拉出他的生活。

我在所谓的失恋里痛苦，惶惶不可终日。但是生活就像到月发放的工资，你以为山穷水尽了，但又会有钱出现在你的账户上。学设计的男孩带来了他的几个同学，不是一次性拜访，而是分成几回，在后来，我可以想象他在熄了灯的宿舍里如何讲解我的神话，或者，在课堂上，像女生一样在纸上写着我的名字，传给要好的同学们。他既为了帮助我，也为了摆脱我。这个方法是简单有效的，不管他们当中是否有人愿意喜欢我，我的房间里，常常都会有新鲜的、稚嫩的、欢快的男生们，在失恋当中，我的微笑带上了一层说不清的忧虑，这种忧虑往往会分散我们的注意力，在欢乐的气氛中，我们仍然稍带忧伤。对于学设计的男孩来说，我的忧虑他是心知肚明的，但是因为双方都不曾言明，他也就可以视而不见。而这恰恰帮了我的忙，在其他的男孩子们看来，这种面带痛苦的微笑是符合我的身份的，是符合他们的同学给予他们的叙述的。也就是，我真的开始讨他们喜欢了。

那一天是我的生日，天气已经很热了，他们，大概有五个男生来为我祝贺，我的房间充满了田园风情，一个不能动的女人，常常面带微笑，似乎对他们连起码的奢求都不能拥有，这样的地方是对他们有诱惑力的，他们带着蛋糕、汽水，还有一些菜来了，他们替我打扫屋子，关闭电脑，我的自传性小说《房中岁月》已经写了有一万多字，他们为此很尊敬我，称我为女作家。

我父亲说要加班，从我学习电脑到公布病情到这种不受控制的转变，大约有两到三年的时间，我和父亲的关系还是很亲密，他承担着照顾我的基本工作，烧饭、梳头、擦拭身体，但是我觉得我们之间和以前不一样了，尽管这不能等同于我和余小可的那种疏远，可这两者之间是有某种类似的，我知道这也许都是因为我的生活发生了变化，但是我也沾沾自喜，我自以为自己变得强大起来，可以不依赖于他们了，在最近，我越来越不愿意父亲再为我擦拭身体，那种父女间尴尬的默契消失了，代之以说不出的难受和别扭，我把"小屋子"网页所得的赞助款拿了一部分出来，请父亲雇用了一个退休的老护士，她每天晚上来替我擦洗、翻动身体，把弄脏了垫布清洗干净，晾在阳台上，第二天早晨，我父亲就把这些难看的布匹拿进他的房间，挂在从东向西拴着的一根废电线上。

现在，我想当时是我让我父亲伤心了。可这种伤心就像余小可的怨恨一样，他们都把一部分关注我的力量外移出去，放在了他们自己的生活中。

那一天是我的生日，五个青春少男围在我的床边，他们放肆地谈论着各种话题，我所有的神经都被这些人的活力刺激了起来，我的脸涨得通红，总是不时地插嘴，尖声欢笑，甚至评价那些我从未见过面的他们班里的女生，我的评价从他们中来，比他们远要恶毒得多。

因为有些热，我们把房间门关上了，开着空调，这也是我用自己的钱买的，本来也要给父亲装一台，他死活不答应。这样，外面的人敲门敲了很久都没有人开，我房间内的电话响了，这部电话放在离床头很远的沙发旁边，是为了让我上网才装的，谁都知道我不能接电话，我以为是找我父亲的，便说不管它，但是这铃声持续不断地响着，那个学设计的漂亮男生便走过去接了电话，他先喂了一声，然后非常奇怪地站在那儿，问我："是找你的？"

我愣了一下，反问："是谁？"

他也对着话筒问了对方，然后对我说："她说她叫余小可。"

我隐隐觉得有些不快从心里升上来，但是在这不快里暗含着一种欣喜，她到底还记得我的生日的，不等我再问，那个漂亮男生就对着话筒说："她没办法接电话，请问您有什么事情吗？"

他听了一下，又对我说："那个余小可说她在门外，能不能请她进来？"

我迟疑了一下，我本想拒绝她的，可恨那个话筒不在我的手上，这样通过第三人来拒绝她，我觉得有些说不出口，倒不是对她不好意思，我怕这传话的人对我产生一点点不美好的联想，我假装快活地笑了一下，说："请她进来吧。"

有人立即去开门了，我听见门口传来她和那个男生寒暄的声音，我兴奋的神经像被刺扎了一下，立即萎缩了。我都不用看，就可以想象那个男生面对余小可时会产生的那种态度，说实话，在童年的时候我从未看出她是个美人，她越长大，她天性里的东西就越把她的外表装点得清新可爱，她在初恋失败以后，身体里的忍耐与宽容赋予了她更强烈的女人味。我妒忌她，这是完全正确的，即使我的身体健康，可以像她那样生活，我知道我仍然无法像她一样引人注目。

她跟着那个男生走进来，显然她对这屋内景象非常惊讶，这和她习以为常的冷清孤独与病弱有天壤之别。她的表情使我的神经再次舒展开来，像刺刀一样竖立在半空中。

她看了看这几个青年人,从包里取出一个包装得很漂亮的包裹,放在我的床头,说:"送给你的,生日快乐。"

学设计的漂亮男生走到床头边坐下,他在后来的表现都非常令我感激,他像我的男朋友一样,对余小可表示感谢,招呼余小可落座、吃东西、喝饮料,在这一场天性中的恶所引发的战争中,他和他的同学们似乎一目了然,他们全部站在了我这一边,余小可的美色对他们不起作用,他们的冷淡表示出她是不受欢迎的人。

余小可冷冰冰地看着我,我转过头,佯装累了,闭目养神。

她没有坐下,也没有吃东西,甚至包还好好地背在肩膀上,她再次环视了一下这个房间,便告辞了。

我在她走后便极力地寻找开始时的欢乐,我仍然表现得很兴奋,以此来转移我内心被余小可带走的、说不出的失落,他们五个,陪伴在我身边,不停地说着笑话,我们一起哈哈大笑,笑得又响又强烈,好像掌握了某种权力。在吃完了蛋糕和菜肴,他们五个人排成一排站在我的床前,说要给我一个特别的礼物,我当时就紧张了,这五个年轻的身体紧紧贴着我的床边,他们的膝盖和床单互相挤出皱褶,因为距离突然拉近,而且又是激情荡漾的一个下午,我不知道他们会干什么,我满面通红,想,他们大概是要给我一个吻吧。

他们叫我闭上眼睛,我忸怩不安,叫他们站到旁边去,他们交换了一下眼神,那个漂亮男生突然弯下腰蒙上了我的眼睛,我嘴里发出一声抑止了的尖叫,生怕那吻来时没有恰当地放在我的唇上。我听他说:"好了。"什么也没感觉到,他松开了手,光线再一次把房间显示出来,那另外四个人的手上,拎着一条亮晶晶的东西。

我感到红色血液再次凶猛地冲上我的脸颊,我掩饰着失望,假装兴奋地问:"啊,什么?"

漂亮男生从他们手里拿过那条项链,围在我的脖子上,有些冰冷的链子绕过我稍有感觉的皮肤,他让我把头往前倾,我做到了,他的胸膛离我的脸很近,近到我觉得这身体是如此美好,近到我觉得健康的人为之乱伦都不过分。他的身体在我的脸颊旁边停顿了一会儿,他扣好了项链上的搭扣,直起身,周围人都鼓起掌来。

现在,我得为另外的事情不安了,我问他们花了多少钱,买这么昂贵的东西给我。漂亮男生笑了笑,说是几个人凑钱买的,他让我不要担心,只管享受就是。

当夜幕逐渐把白昼的光线赶出我的房间,他们在尽欢之后向我告别,我目送他们离开我的床头,耳朵听见他们带上我家的大门。在"砰"的一声之后,我看见了床头旁的那个鲜艳的包裹,我不知道它是什么,但是它突然地就把我抛进了孤独,在以往的生日,都是由父亲和余小可或者其他一两个人来为我祝贺,今年的与众不同,却使我忽然感到生死未定的惶恐,没有亲密的话语带来的幸福,这样的欢乐,我不知道它是否能与痛苦等义。我想到了余小可冷冰冰的眼光,她在嘲笑我吗?!在嘲笑我永远也没办法像她那样生活,这本来也是我承认的,十三年的岁月早就将我磨成了钝石,那么,我到底还想要什么?到底什么东西可以真正地属于我?那只有父亲和余小可的日子,一去不复返,我已经停不下来了,甚至,我还想要飞跃!我又想再写一会儿了,但是写作的实际困难比我的想象要大得多。我只写了几行字,就觉得这样是没意义的,我又上了会儿网,"小屋子"的捐款比前天更多了,还有一家广告公司想找我谈谈,另外,还有个幼儿园的想请我当他们的校外辅导。我不知道在网络那头的人们到底怎么样看我,他们是否能看见,我现在的忧虑和感伤。

我困了,在蒙蒙眬眬中进入梦乡,我又一次听见了在决定学电脑之时那个晚上特有的声音,我最亲密的朋友,和我的父亲在为我的生活寻找乐趣,她充满母性的声音使我想叫她一声"妈妈",我在梦里想,我还是那么爱她,但是为什么我还是想离开她。我不由得惊醒过来,难道我真的想离开余小可吗,我想着我和她之间的变化,确实每一次疏远,都是按我的心愿达成的。那个声音还在继续:"那些人真是她的朋友?"

"我也不是很清楚,这段时间,来了很多人。"

"你也没找她谈谈?"

"我看她现在很高兴"

"可出了这样的事儿……"

我不知道他们在说什么,但是余小可和我父亲,只有在谈论我的时候，才会有种特有的夫妻似的对话。我屏住呼吸，听他们的对话。

渐渐地，我觉得心往下沉，几乎要沉到床下的木地板地上，房间的灯光变得昏暗起来，那一根白闪闪的东西，它在眼前晃荡，似在嘲弄我对于一切的热忱，我努力地把下巴放低，但这样是白费的，我无法用牙齿把它从我的脖子上咬下来，放在嘴里断成几半，它还是贴着我脖子上的好肉，把我无能的身体同我有能的头脑一分为二。

那五个为我过生日的男孩，在漂亮男孩的带领下，以我的名义在各个大学和企业进行募捐，他们知道我熟悉网络，就把骗局设到了房间以外的世界。余小可在单位门口看见了他们的宣传画，果然是专业出身，宣传画画得非常感人，配着我和他们的合影。

我并不在乎他们掠夺了我的金钱、我的信誉以及人们对我的怜悯，我只是难以忍受他们在对我笑容可掬的时候，在为我唱生日歌的时候，在俯下身为我戴上项链的时候，只是为了钱，我在他们心中，连起码的魅力或者一点点可爱之处都谈到不吗？他们，怎么样在背后说我：那个瘫子，哄她高兴一下罢了。

余小可和我父亲仍在谈着话，在这个时候，我才意识到我最亲的人，从开始到现在，仍只有这两个人而已，至于他们两个人的爱，我现在也开始怀疑起来，他们为什么来爱我，因为我是他的女儿，她从小到大的朋友，可是这样无功利的爱，在房间的大门一旦打开，我就会对他们厌倦，那么为什么他们还来这里，关心着我。当然，现在他们可以当面指责我，我的无能、我的轻信、我对整个社会的无知……我不能动的身体为我带来的一切！我看着灯光里的房间，它整洁、闲适、雅致，我把它们奉成美德，把它们当成我的身体，当成我可以炫耀、可以用来获得爱的武器，实际上呢？它们对于心灵向往之外的生活，是卑微的！无力的！多余的！

我转过头看着被单上的紫色花朵，这些花朵开得很漂亮，所着的色调因为经过人工调制而显得十分优雅，它刚刚在我床上盛开的时候，我还用它给我的感受写过一首诗，现在，我知道它也不过是没用的东西之一，那么我那些所谓的诗歌、短文、爱的热情，也同样地卑微、无力、多余！也许，它们还可以博众人一笑，让他们来嘲笑一个瘫女人的德行。

余小可和父亲到房间里来看我，我闭上眼睛假寐，他们没敢打扰我，替我关上了灯，我就陷入了沉沉黑夜之中。

当我在黑夜中睁开眼睛，我房间里的一切都看不分明，连起码的形状都是模糊不清的。今夜无月光，但是对面的街灯却还亮着，我在这样极其微弱的光里注视着我的房间，整整十三年以来，除却病痛时的折磨，我几乎不曾在这样的夜里注视过它。我感到此时的它才真正地与我融成一体，我本是该陷入伸手不见五指的死亡，但是生却留下了我，它无比吝啬，连一点点月光都不肯施舍，只在街边处亮着一支五十瓦左右的人造灯。我只在白天注视它，它的一点一滴，阳台上的那些生物，落地灯上落下的水珠，我被光线制造的假象迷惑住了，那些所谓的"美"，其实和我毫无关系，我的生命，应该是在这样的房间，灰暗、模糊不清、充满着黑黢黢的植物影子。

我是否要感谢那五个男孩，他们对我的所作所为，让我彻底看清了自己的房间，它是这样的，不是那样的。在白天一个样，在黑夜完全另一个样。所以，当我身处白昼，我就能想象到黑夜的痛苦，当我身处黑夜，我就能想象到白天的欢乐何其虚无缥缈，不值一提。

我注视着阳台以外的那个空间，光线在很长的一段时间都是持续不变的，它让我逐渐地麻木，不再对变化产生幻想，然而，经过长时间的停滞，它终于还是出现东方发白的亮光，并且，房间外的街道上有了一些声响，那也是我很久以来没有注意到的，这些声响并不明确，它们和这房间一样不可被人明了，伴随着它们，阳台上的植物们又开始显现出绿色特有的意味，令人心旷神怡，那窗帘上的花色也开始在早晨的微风里巧笑嫣然，还有给我带来好处的电脑，也在微明的房间露出它方正庄严的身体，我看着它们，又将拖着我进入白天的房间，进入另一个世界。

然而，我现在知道，黑夜终究是要来临的，它们比白天更长久。

关爱之石

"关爱,"他说,"你父亲姓关,你母亲姓艾,所以你叫关爱。"

我愣了。母亲走了一年,她在时,除了她,没有人会当面提起父亲。她走后,父亲这个词,在我的生活中彻底消失了。

见我没说话,他微微偏过头:"怎么了?"

"原来,您知道我。"我笑了一下。他也笑了一下。

"十六年了,"他说,"我走的时候,知道你要来,可是,我太急着走,没有见到面。我以为,我再也不会回来,回国、回故乡。没有想到,我还是回来了,回到这儿的第一顿晚饭,是在你家里。"

我抬手看了看手表,院里没有灯光,看不清指针:"几点了,这五个家伙,集体迟到。"

他又去看芭蕉:"这花好像很多年了?"

"这是我和妈妈搬来时,她亲手栽的。"

"哦,"他迅速地说,"我不知道。"

"没关系,"我也迅速打断他,"都过去了。"

门铃响了,我走进客厅,打开大门,五个老同学闯进来,要吃、要喝,各自找最舒服的地方倒下去,折腾半晌,他们才发现,当年的老师正站在院门处,微笑着打量着十六年未见的学生。

他并不像他们的老师。我负责做菜、上菜。从厨房到餐厅只有几步远,却足够远成一个局外人。他坐时腰笔直,笑起来,眼角有鱼尾。相较之下,两个男学生都发福了,肚子挺得幸福。三个女学生也各有风情,春风满面。虽然我和他们是同班同学,却小两岁。因为父亲,我转过两次学,每转一次就跳一级。我拼命读书,像把命放进了书里。

初三时,我转到这个班,依旧不说话。开学不久是国庆节,班长请我去他家玩,我受宠若惊,又很恐惧,只好在那一天,跟着他们朝前走。我把所有的注意力,都集中在前方移动的鞋子上。有白球鞋,有黑布鞋,居然还有一双半高跟的女式皮鞋。白球鞋有一双很白,显然刚刷过。还有一双灰蒙蒙的,右脚后脚跟外侧,有几道黑印,可能蹭到了什么,或后踹了一脚。

渐渐地,世界消失了,只剩下这几双鞋。如此丰富多彩,值得留恋。我不用再理会之外的一切。到了班长家,他拿了糖果,放在桌上。糖果有三颗话梅糖、一颗大白兔奶糖、两颗椰子糖。糖纸变化多端,每一张都不同，两头拧出的皱，像一张一张人脸，有的快乐，有的痛苦。光是这些都看不完了，可还有瓜子。瓜子是葵花子，大小不等，有一粒特别饱满，显然从出生到长大，一直迎着阳光。

这时，一双手把糖果瓜子全部挪开了，一本影集放在了面前。影集里有班长小时的相片，还有他和父母的合影。我眯起眼睛，尽量不看、不听、不想。我没有这样的照片。母亲怀孕前，一直随着父亲逃亡。为了生我，她回到这座城市，独自分娩，却再也等不到父亲的消息。她死了，仍不知他死生。她从不给我拍照，也不与我合影。我没有百日照、周岁照。我只有证件照。

我的脑袋保持不动，只把两只眼球用力朝鼻梁方向撞，撞着撞着，眼前出现两个环，白环渐行渐近，无声地撞在一起，化成白茫茫一片。

"关爱，"班长喊我的名字，"你看，这就是老师。"

我抹了抹眼睛，才发现相片换了，是一张大合影，站着几排人。班长的手指指向第一排最右边。这是个公园，他们站在草地上，右边还有一个紫藤花架，累累垂垂，开了许多花。最右边那个，如果不说，完全像个学生。青春年少、生机勃勃。脸上挂着微微的笑。

"要是你早来一学期，就能看见老师了。"又有人说。接着，他们开始谈论老师。老师多么英俊，老师多么有才华，老师多么像一个朋友。

"关爱，你吃。"班长把唯一的一颗大白兔奶糖推到我面前。

"关爱，来吃饭，别忙了！"班长在外面喊。我晃了晃头："马上就好，就来了。"

我用抹布把灶台抹干净，洗好抹布，挂好，再洗手，擦干抹好护手霜，理好头发，走出厨房。他们要我坐到老师身边。我坐了过去。

他们热火朝天地敬酒、说话，说着初一、初二时和老师的趣事。老师始终淡淡地笑着。听得多，说得少，吃得也少。

"老师，十六年没回来，这次回来，就别走了，现在国内发展得不比国外差，这儿虽然比不上北京上海，到底是家乡！"有人说。

老师微笑着："我，明天就走了。"

餐厅瞬间安静了。班长惊讶地看着他："您不是今天刚到吗？"

"是的，本来打算直接去北京，为了你们，回来一天。"

"一天？"

"一天。"

大家面面相觑。老师说："我打算常住北京了，已经买了房，明天回去，就要见负责装修的人。以后你们来北京，都来我家吃饭。"

"太好了，"班长长出一口气，又端起了酒杯，"北京好啊，北京是政治文化中心，而且也不远，几小时火车就到了。"班长看了我一眼，"关爱经常上北京的，她有出版的事。"

老师看了我一眼："欢迎你来北京。"

"谢谢。"

班长招呼着:"来,为老师定居北京,我们干一杯!"

吃罢饭,除了老师,他们都有点醉意。我泡上茶,他们喝了几泡,便要告辞,又要集体送老师回宾馆。他们和老师走后,我把餐厅客厅整理洁净,给母亲留下的紫砂杯里倒了一杯热水,端着它,走到院中。天上月影淡淡,光色绵绵,一株芭蕉更显得冷寂。母亲在时,我很怕她在晚上,独自泡着茶,坐在芭蕉对面。家里太安静了。母亲走后,我很想念她,她即使不怎么和我说话,我还是那么思念她。

母亲夜观芭蕉的习惯,被我原封不动地继承了。

我坐在老藤椅里,它和紫砂杯都是母亲遗物。夏天在藤椅下点盘蚊香,秋凉后,在椅子上垫一块线毯,半裹腿和腰。冬天最冷时,把藤椅放进客厅门内,依然面对院子。落雨了、落雪了,都这样坐着。因为客厅电视机开着,所以听不见雨声与雪声。

常年开电视,是我的坚持。我总是希望有一点热闹,在这个家里,又不是人与人之间的。母亲走后,我独坐时才明白,人心不在,耳朵就聋了。偶尔,几句对白窜进耳朵,会把我从空白里拽出来。很快,无意识又占领了意识。

"老师回来了。"我对芭蕉说。

"老师说,要定居北京。"

说完这两句,我不知再说什么。

"班长常说，我和老师是一种人，我常常想，我是哪一种人。十六年，他走了那么远的路，经过了那么多地方，也不知，经过了多少人？我，还在原地。"

"老师笑起来，还和照片一模一样。"

突然，电视里传出一声凄厉："爸——！"

我手一颤，水洒在手上、腿上，已经凉了。

"爸爸，"我苦笑了一下，"我已经老了。"

一个多月后，我要去北京。班长叮嘱我代表大家，去看望老师。

我提着箱子，走出北京火车站。编辑大姐老远朝我挥手，我走过去，她一把拉住我，不及上车，就嘘寒问暖起来。她问我有男朋友了吗，我说没有，她说放心，大姐给你介绍。我没有答应，也没有回绝，我已经习惯了她问候我的方式。

北京除谈事，大量时间都是吃饭或喝茶。北京地方大、人多，停不住似的，从这一家转到另一家。在各种场合里，我坐着，得体的举止不能说明什么，我常常瞄着窗户或者门，我想，就这样地站起来，逃出去吧。

老师端坐微笑的样子，总在这时出现。既不冷淡，也不热情，脸上带着微微的笑容，十六年不曾变化。时间，从彼时到此时，没有中断。我看着他，提醒着自己，把疲倦的脊背挺直起来。

我住在市中心一家老宾馆，窗前几乎没有遮挡。不出去时，我就站在窗边,看着楼下成片的胡同。偶尔也有一些楼,不算高。编辑大姐说,北京只有这里没有变,其他地方全变了,改天换地。

到底什么时候给老师打电话?我拿到了回程车票,明天晚上就要走了,依然无法和老师联系。我只是他不算学生的学生。十六年前,见过他的照片,十六年后,吃过一顿晚饭。是的,我代表了同学们,可我和他之间,像有一层巨大的阻力。不仅仅是我对他。他微笑的表情,仿佛对我、对一切,都已恍如隔世。

手机号输了几次,还是按下了拨通键。班长和同学们对我恩重如山。我生命中有甜味的第一颗糖,是那颗大白兔。他们不时来看我与母亲。母亲对他们说的话,远远多过对我说的。母亲得癌症后,看病不够的钱,也是他们凑给我的。

电话通了。

"喂,请问是哪一位?"老师彬彬有礼的声音。

"哦,哦,是我。"

"关爱,你在哪儿?"

"我在北京。"

"真是抱歉,我在上海,一会要飞法国,你什么时候走?"

一块石头并没有落地,空荡荡的。"哦,"我说,"明天晚上。"

"这一次要错过了,下次来时我们再见吧。"

"好的,再见。"

电话挂了。一队很大的鸟从空中飞过,我没有看清楚,不知它们是不是大雁。

晚上,编辑大姐请我吃饭。我准时到达饭店,却看见她和一个中年男人站在门口。

"对不起,我来晚了,怎么不先进去。"我说。

编辑大姐指着中年男人:"我们主任怕你找不到我们,走丢了!"

她嘻嘻地笑,我觉得哪里不对,打量了一眼中年男人,他朝我笑了笑,一看就是久经历练。他拉开饭店的门,请我和编辑大姐走在前面。编辑大姐拉着我悄悄问:"你怎么也没打扮打扮。"

"不是吃饭吗?"

"吃饭也得打扮呀。"

见我还未明白,她轻轻拧了我下:"给你介绍的对象,不错吧?"

"哦,我没想到。"

"跟你说了无数次了,还要怎么说?你得时刻准备着!"

我只好点头。

我们进了包间,分宾主落座。中年男人柔和地问我:"你脸色不好,不舒服吗?"

"没,没有。"

"要注意身体,写作归写作,生活归生活。"

"是，是的。"

话淡淡地说开去。这个男人姓季，名伯仁。他和编辑大姐是一个系统的，刚刚调到一个部门，分管大姐的工作。

季伯仁很细心，见我胃口不好，就拣一些清淡的素菜夹给我。编辑大姐让我尝这里的招牌菜：烤羊肉。我吃的时候，季伯仁在旁边看着，似乎想叫我停下，又不便开口。

饭后他们送我回宾馆，在房间里喝了会茶，就告辞了。

第二天，季伯仁打来电话，要送我去火车站。我婉拒了。

很快回到家，给班长回了电话，告诉他老师不在北京。他也没有说什么。天气就这么一天一天凉下去，我忙着写作，白天坐在电脑前，晚上坐在院子里。芭蕉有点委顿，花草就是这样，季节一变，它们就变，连一点余地都没有。

母亲以前常对班长说，我是秋天生的。秋天生的孩子好，春华秋实。可她从来不给我过生日，我也从不和她提生日的事情。有一年，一个女同学送给我一瓶香水，母亲很喜欢，悄悄地洒在身上。我的鼻子很灵，有一点就能闻见。母亲不说，我也不说。此后每一年，在我生日前后，我都会送她一瓶香水。

今年生日近了，才想起，今年的生日，是第一次一个人，连母亲也不在了。

也不是特别悲伤，只是一怔，人站在客厅里，傻傻的，像忘记了要拿什么东西，只是想：母亲、我，还有将近的生日。

我不写东西了，把大衣橱里母亲的遗物拿出来，细细地整理。那个大衣橱，母亲非常喜爱，却从来不说来历。我只记得每一次搬家，母亲都叫我坐在大衣橱边，护好它。

整个衣橱下面有脚，上面有帽，四周雕着花，花色不是喜鹊登梅或富贵牡丹，而是岁寒三友。母亲说，知识分子爱用岁寒三友激励自己，其实是糊涂。久经考验还要绽放，人生太苦了。她又说，每个人都苦，知识分子再苦，也有知识，就是幸福。这些话，她不对我说，都说给了班长。班长说，人应该面对现实，不要讲主义。他们挺谈得来。对我来说，整橱的雕花我都细细观察过，每一朵梅花花瓣，每一片竹叶，每一根松针，都曾是我的朋友，陪我度过一段时光。第一次守护大衣橱时，我才四五岁，坐在街边，我恐惧追踪的人，害怕过路的陌生人，焦虑着母亲会不会不再回来。时光太难熬了，我只能低着头，靠在衣橱上，看着它的一角。看着看着，它的一角就扩大开来，变成无数细的线条、凹凸的面。即使从昼夜观察，仍是不够。

母亲的遗物只有两三件衣服，有一件是她和父亲结婚时穿的。两条旧毛巾，洗得发白，薄得快透了。还有一条围裙，是她自己做的。我打开来，再折回去。心里难受时，就在院子里站一站。

我生日的前一天，出了门，给母亲买了瓶香水。因母亲爱植物，今年香水的成分，有东方青苔、翠竹、伽罗木等，香味清新，和谐。

第二天，天麻麻亮，我就出了门，坐公交车来到郊外。公墓里没有人，风有点冷。我坐在母亲墓前地上，和她说话。

"想给你买花，怕你看花谢，就买了香水。"

"班长他们常来看我，班长升了一级，已经是正处了。"

"有人给我介绍了一个对象，叫伯仁。"我笑了一下，"不知道他父母怎么想的，我不杀伯仁，伯仁因我而死。多么伤心。"

我对母亲说了很多话。她活着时，我也没有这么多话。不是不想说，是觉得没有资格说。我对母亲的打扰，从我一出生就开始了。现在她走了，我再不用担心自己妨碍她了。心松了，什么都能说出来。

说着说着，没有什么可再说了。

静静地坐了一会儿，我说："老师，老师回来了。"

母亲没有回答，也没有风，只有阳光明亮。

我打开香水，洒了些在墓边，把瓶子放在墓前，跪下来，五体投地，磕了三个头。这才起身下山。

从墓地下山，只有一条小路，出了路，拐上大街，走一里多地，才是汽车站。我慢慢地走，行人寥寥，倒也不觉得寂寞。

走着走着，似乎有人在后面看着我，我的脊骨向上提，肩膀向内，肩胛骨绷紧，背部肌肉越走越硬。我放慢脚步，后面却不慢；我加快脚步，后面更快了。我的手紧紧握住包带，手掌虎口处用力抵在带子边缘，几乎要割破了。后面越跟越近,正当我打算猛地朝前用力奔逃时,一个声音响了起来:"关爱!"

我雷击一般停下来,身体尚未放松,眼睛已经看见一个微微的笑容。

阳光真的好,打在他的脸上、头发上。老师,老去了一些。

他惊喜地:"关爱,真是你?"

"哦,"我无法说话,却又不得不说话,"老师,"我喊了他一声,隔了几秒,才想出了下一句,"您怎么来了?"

阳光太亮,我不能确定他的表情,只听见他说:"你第一次喊我老师。"

"是吗?"

"是的。"

我又说不出话来。他说:"我来给父母上坟。你给母亲?"

"是的。"

"哦。"他应了一声,慢慢转过身,继续朝前走,我跟在他旁边,却又落后了一点点。他走得不快也不慢,但是我始终落在他后面,差了小半步。

我们再也没有说话。我望着路边的野草、灌木、杂树林。秋高气爽的南方,植物仍然保持着茂盛,色彩也更加丰富,除了由深到浅的绿,还有黄色、棕色和红色。

"上次在北京……。"他突然地转过头,看着我,我吓了一跳,不知怎么，就跟了一句一模一样的话："上次在北京……。"

我们彼此看了看，一起笑了起来，我说："北京不错。"

"是的，"他说，"北京不错。"

一辆出租车突然路过，司机按了一下喇叭，似在询问要不要打车。他没有举手拦下，我也没有。我们走了一会儿，我不知怎么的，又喊了他一声："老师"。

接下去说话的却是他："当年，我走得太急了。没有想到，国内的发展比我还急。我回来，一切都变了，但是，你没有变。"他看着我，"也不知道，你没有变，是好，还是不好。"

他的话像感慨，又像开场白。我不大明白怎么去接。在他清瘦的面颊上，我突然读出一种执着的深情。我为什么对他微微的笑容印象深刻，大约因为那不是微笑，而是坚持。

"我到班上的第一个国庆节，班长请我去家里玩，告诉我，如果我来得早，就会有一个非常年轻的老师。"

"是吗？"

"我还见到你的照片。"

"照片？"

"是一张合影。"

"哦，"他想起来了，"那是初一下学期，我带他们去秋游。初二时，我已经决定要走了。"

"老师一点都没有变。"

"我老了。"

"是的，"我说，"可你一点都没有变。"

他听明白了，我说他一点都没有变的真正含义。正如他说我一点没有变。"没有变，"他小声问，"是好？还是不好？"

"妈妈临走前，班长来看她，她说，她是一个理想主义者，社会是现实主义社会。"我笑着说，"班长说，人要有理想，不要有主义，要面对现实，不要管社会。"

老师怔了怔，笑了一下："他比我们都清楚。"

又一辆出租车开了过去。我问："你今天晚上有什么安排？"

"我今晚的火车回北京。"

"哦。"是的，他并没有打算和我、和同学们相见。我有点清醒了，这是偶遇，不是相聚。

"本来，想见见大家，可是，又觉得不见和见，是一样的。"

"是的。"

"我还有事情要处理。"

"是的。"

公交车站到了。我看着他："我坐公交车，您呢？"

"我打车。"

我们并排站着，看着同一个方向，有没有车来。他突然问："你父亲……?"

我没有看他,只摇了摇头。

"没有消息吗?"

我点点头。

"你,找过他吗?"

我依然看着车来的方向:"都过去了。"

"是的,"他说,"都过去了。"

我没有再看他,如同我没有去寻找父亲。他如已死,此时已与母亲团聚。他如在世,必定有了另一种生活。否则,母亲一直守在他的家乡,他为什么不回来看一眼。

找到找不到、见与不见,又有什么区别。

一辆出租车先到了,老师说,他可以送我回市区,我拒绝了。他微微地笑着,上了车:"关爱,再见。"他关上门,在门内对我挥手,车开走了。

我呆呆地望着车,越开越远。拐过弯,看不见了。老师,又消失了。我想把头转过来,去看另一个方向,车来的方向。可是,我转不过来。班长说,人要朝前看。前面的路,才是路。过去的路,都不存在。

但是,我要上的车,却从过去的路上来。我没有上的车,已经在前面的路上消失了。

我面无表情,心里却在放声痛哭。

公交车来了,我刷卡上车。车上人不多,我依然靠最边缘的地方站着。我极度厌恶被人打量,被人关注。母亲说,我一两岁时,每次她抱我出门,我总能在她之前发现跟踪的人。开始,我是不安、哭泣。再大些后,我不哭了,我紧紧攥着她的衣服,紧到我们到了地方,她需要把我的手指,一根一根掰开。

"他们以为,他舍不得我,"母亲微微笑着,"他们又以为,他即使舍得我,也会舍不得你。"她把我的手指全部松开后,摸了摸我的脑袋,"没有舍,哪有得,谁都找不到了。"

我紧紧地攥住公交车上的把杆,将注意力全部挪到把杆上。把杆很旧,被人手长年抓紧,磨出很多光亮的斑驳。靠近我手上下,斑驳最多。大概很多和我身高相仿的人,都喜欢站在这儿。或者,人总要站一个地方。一根钢管,握得久了,也能微微发亮。

"丁零……!"好一阵子,我才反应过来,是我的手机响。

难道是老师,我慌忙从包里取出来,一个陌生的号码:"喂?"

"是关爱吗?"一个不熟悉的男声,不是他。

"请问……?"

"是我,季伯仁。"是他?

"哦,季主任,有事吗?"

"我现在在你家附近,想来看看你,方便吗?"

"我家附近?"我愣了,他的好脾性,以及眉目之间的关照,都让我不能拒绝,我告诉了他确切地址,约在门口见。

进了小区,就见一个中年男人在楼前徘徊,望见我,他快活地朝我挥手,身边地上,矗着一个半人高黑乎乎的东西。

我快走了几步,来到他面前。他瘦了,精神了。

来不及与我寒暄,他指着东西说:"哈哈,关爱,瞧我给你带什么了!"

我仔细地看了一眼,黑色垃圾袋紧紧裹在一个东西上,那东西左凸右凹,倒也修长。我惊讶了:"是块石头?"

"对了,是块很不错的太湖石。"

我怔怔地看着他。他笑了:"你忘记了,上次吃饭,你说你母亲在院子里种了芭蕉,芭蕉旁边放太湖石最好了,特别配!"

我想起来了,真的提过。但我离开北京后我们就没有再联系,突然地,他就来了,还带着一块大石头。看他满面欢喜,我赶紧请他往家里去。

要把石头挪进来,不是一件易事。我问他怎么运到门前的,他说找了一个工人,但工人不肯等,先走了。我大开大门,要同他抬,他死活不肯,自己哈着腰,抱住石头,像抱着一个新娘子,浑身贴紧,半挪半抱,推进了客厅。我关上房门,又大开院门,他喘着粗气,又一鼓劲,把石头挪进院中。他挥手示意我走开:"给我一把剪子,你到门内等,灰太大!"

我进厨房，拿着大剪刀递给他。他不肯剪垃圾袋，非要看着我走进门内，关上门，这才剪起来。我在门内，隔着玻璃，见他轻巧利落地拆垃圾袋，又轻巧利落地把垃圾袋全部折好，放在一边。他看着石头，又看着芭蕉。估计，他没有想到，芭蕉只有一棵，石头显然成了主角。他也不顾衣服，又抵在石头上，挪几步左边，挪几步右边，挪几步前边，挪几步后边。挪时，还要退后看，直到他认为，石头放在了合适的位置，这才作罢。

他站在石头与芭蕉对面，开始拍打身上的尘土。我赶紧拿了条毛巾，打湿了递给他。他接过去，又挥手叫我进屋。我说，我帮你拍。他脸红红地看着我，眼睛笑成一条缝。

我用湿毛巾在他身上抽打起来。他高举双手，一动不动。

院子里噼里啪啦响。母亲若在，估计会瞠目结舌。我们从不讨论男人的话题，也从不讨论我的恋爱与婚姻。母亲和班长，也不说这些话题。她喜欢说各种主义。班长说，她活在形而上里。班长又说，我应该接地气。

如今院里站着一个男人，我又帮他拍打尘土。芭蕉成了太湖石的陪衬。

我停止了拍打，季伯仁四下打量，大约觉得这个礼送得好，不禁得意起来，连搓几下手掌，叫了两声："好！好！"

我笑了，叫他进屋洗手。等二人坐定，泡上茶，便开始听他说话。怎么来江南出差，怎么一路去找石头，哪里的朋友接的他，开车走了多少路，去了多少店，看中了一块怎么砍价，又觉得性价比不高，又看中一块，怎么谈了文学，便把价杀下来，怎么让朋友找车，帮他送到这里，怎么又找了工人，一起和他搬到我的家门口。

他比一台电视机还能说。

说着说着，天就擦黑了。他又说附近有一家西餐厅，菜做得好，尤其有两个黑人歌手，唱得好，请我去品。

我们便出了门，一路我跟着他，他又开始说。西餐要怎么样才好吃，黑人音乐要怎么理解。哗哗啦啦，到了餐厅，坐定下来。要点的菜，他之前已经介绍完了，要听的音乐，正在播放。

我对吃一向无感。母亲常说，君子远庖厨，她做饭是不得已。要做，也很好吃，因为食不厌精、脍不厌细。

贪吃、贪睡、贪玩，母亲都痛恨。人应克制欲望，不要活得舒服。

季伯仁懒懒散散地坐在桌子边上，他讲究吃，但他不讲礼仪。他对我热情，却懒得理会我希望的热情是什么。

爱这件事情，其实挺难办的。有些人以爱的名义限制你，有些人以爱的名义强迫你。还有些人，以爱的名义，不相往来。

我听他说话，跟着他吃饭，跟着他听歌。

吃罢饭，又跟着他，走回自己的家。

到了家门口，他站住了，他等我邀请他进去坐，我等他告辞。

他磨蹭了一会，叮嘱我不要太累，希望我去北京玩等等。最后，不得不和我再见。他走了两步，又转过身来，大声问我："我们能通信吗？"

"能。"我说。

"你喜欢写邮件，还是写信？"

我愣了一下，这是个好问题。信，已经消失了。大家都用手机、电脑。何况，我从未收到过信。自从我出生后，母亲也从未收到过信。

"我给你写信！"他不等我回答，大声说，"你一定喜欢信！"

过了几天，季伯仁真有信来。信封是褐色，印着单位的地址。信封中间写着两个大字：关爱，旁边还有一个小字，打着括号：收。

我将信封翻来覆去，信封上还贴着邮票，邮票有两张，每张各有一枝桃花。诗经上说，桃之夭夭，灼灼其华。既然用了单位的信封，也许邮票也是单位的。但他煞费苦心找石头，未必贴邮票时没有讲究。桃花盛开，可置于室，女人盛开，可娶为妻。我有什么好？怎么他不觉得我像一个怪物。从我父亲到我母亲。时代抽了他们一鞭子，他们在我身上烙了痕。若三十年前，这痕能令人有几分激动。可现在，时代一变，商业发展了，大家只激动资源与价值。我的痕，不值一分钱，痕造就的我，也不值得一分钱。

我对着窗户剪开了信封。剪时很小心，不时看看。信封真的会透光，能看见里面信纸折好的形状。

整整齐齐，没有破损一点儿。我把信从信封里抽出来。

信里没有话说。只有满页纸的两个字：思念。

且用不同字体写出的，有正楷、行书、草书，简体、繁体，甚至有英文与法文。

我宁愿他絮絮叨叨地说。说他怎么回到北京，怎么下的车，怎么到的家，怎么找来信纸写信，怎么找来信封，怎么封的信，怎么贴的邮票。

满纸一个词，不仅不像真的，倒像一种讽刺。

煞费苦心写了这么多字，个个字都显得他有才，也显得他浮夸。不过，相对于我父亲的冷酷无情，母亲的无情封闭。这个时代，本就是表演性的。

我人生的第一封信，像个舞台，看了一出独角戏。

我找出一张空白的纸，折好，夹在硬皮本里，走出门，到邮局，买了信封，把折好的白纸放进信封，买了邮票，封好信，写好地址，投进信箱。

隔了几天，信又来了。依然是桃花邮票。

拆开来，一纸废话。说早上怎么出的门，怎么收到信，怎么对着一张白纸发愣，怎么觉得我有趣又酷，怎么下的班，怎么沿途买菜做饭，怎么在夜晚的灯下，卧室床边，给我写回信。

我看着看着，不觉微笑了。

也就回信，说怎么拆的信，坐在哪里读的信。天气转凉，太湖石更显萧索，但我见之仍喜悦。

他回信，说太湖石如山，可以依靠。

这一天，班长与老同学们来玩。见到太湖石，很吃惊。我家里难得添一物，何况这么大的石头。

我说一个男人送的。

班长问，是谁？我答，一个愿意给我写信，同我说话的人。

班长沉默片刻，像要说什么，又没有说出口。

天气越来越冷，季伯仁在信里，差不多交代完了他的过往。怎么恋爱，怎么结婚，怎么又离婚。他的父母在哪儿，兄弟在哪儿，兄弟媳妇是什么脾性，家中子侄都几岁了，在哪里读书等。

他从来不问我的事，包括我的家人。

快近年关时，他写信来，请我到北京过节，只提了一句：你一个人过年，我不免惦念，虽然有石头陪你，但石头不会说话，不如我热闹。

太湖石不是山，但它确实是石头。我也确实不想一个人过年。

腊月二十五，我把家中料理清爽，备用钥匙也交给了班长，准备去北京。

因为要去一段时间，我和季伯仁不仅通信，也开始通话。他说把书房收拾出来了，给我暂住，又说给房门新配了锁，只有一把钥匙。

他说他的，我收拾我的。

他小心翼翼地探测我的边界，只要我不接的话题，他就及时打住。腊月二十五，一切收拾妥当，第二天就要出发。晚上，我给他打电话，手机关了。

第二天早上，依然关机。

我把行李包打开，东西全部取出来，一一放好。

腊月二十六、二十七，直到大年三十，没有季伯仁的电话，也没有他的信。

从腊月二十六早上打了电话关机后，我再没有给他打一个电话。

想在的人，他自然会想尽一切办法在，想消失的人，他也会想尽一切办法消失。为什么在或消失？是选择在与消失的人的问题。不是我的。

三十晚上，我一个人吃罢晚饭，在紫砂杯里倒上一杯热水，坐在玻璃门后看芭蕉。太湖石虽然在，我可以选择看不见。即便看见，也可以选择不反应。电视机正播放春节晚会。母亲在时，也是如此。只不过，她坐在玻璃门后，我坐在沙发上。今年，换我坐在玻璃门后，沙发空了。

十点多钟，班长与几个老同学来了。

往年，母亲会和班长说很多话，其他人插不上。我们会去餐厅喝茶、嗑瓜子、吃糖果。今年班长不用陪母亲了，我们一起坐在餐厅里。

刚把茶泡上,班长就拿出手机:"我们集体给老师打个电话,拜个年。"

我倒茶的手没有停顿,心打了一个折,拐到了另一条路上。

"对啊对啊,"其他人七嘴八舌,"打他手机,给他拜年。"

"今天还是老师的生日。"班长说。

我愣了一下,听见有人说:"老师是大年三十生的吗?"

"是的。"班长答。

"怎么没有听你说过?"又有人问。

"以前他不在,说了也没有用。"手机接通了,班长热情洋溢地给老师拜年,又把电话传给大家,挨个和老师通话。

电话传到我的手上:"喂。"

"关爱,你都好吗?"不等我拜年,老师急切地问。

"都好。"

"听说你要来北京过年?"

"曾经打算。"

"怎么没有来?"

"不想去了。"

"哦。"老师沉默了一下。

我想祝他生日快乐,突然,一个脆生生的女声传来:"你电话打完了没有,我爸爸妈妈都等好久了!"

"来了来了。"老师在电话里说。

我把手机还给班长,班长祝老师生日快乐,但老师的回答非常短,只有几秒钟,便挂了电话。

"怎么挂了,"旁边的同学说,"我们也想祝他生日快乐呢。"

"他不方便。"班长看了我一眼。我什么也没有说。关于季伯仁,班长也什么都没有提。十二点钟声一过,便是农历新年了。

第二天是大年初一,我正常起床,煮了水饺来吃。

吃罢水饺,洗了碗,也没有什么可收拾的。初一不能打扫卫生,也不能倒垃圾。我在家无事可干,也不想读书,坐在沙发里,想一想去年是怎么过的。去年,是陪母亲去商场。

我换了件衣服,梳好头发,背包出了门。

商场刚刚开门,几乎没有顾客。营业员都在大声说话,交流昨晚怎么过节。我一个人走来走去,他们就一边聊天,一边打量我。

"你,买东西?"一个营业员问。

"随便看看。"

她便不再询问了,和对面柜台的人使了个眼色,两个人继续聊天去了。

包里的手机响,我心动了一下,取出来,是北京编辑大姐的来电显示。

看来,季伯仁的事有消息了。

我接通了电话,和她互相拜年。我们又聊了天气、春晚、年夜饭。兜兜转转,她说:"关爱,大姐对不起你啊。"

"怎么了?"

"我们主任被抓了。"

"抓了?"

"抓了,可难看了,关一个星期,明天还要我们单位领导去领人呢。"大姐语调略加沉重,"这种事,对单位来说,不算事,可是个人太丢人了,尤其对你,伤害太大了!我跟你说,我要是知道他是这种人,打死都不会介绍给你。"

我隐约明白了:"哦。"

"关爱啊,你可要想开一点,可别……"

"没什么,挺好。"

"我太后悔给你们介绍了,你陷得不深就没事,以后有合适的大姐再……"

我笑了笑:"我不是说我挺好,我是说,他去嫖挺好的。"

"你说什么?"大姐的声音高了,"你没事吧?"

"没事。"

"这种事儿,怎么说呢,在我们这儿可是丑闻啊,大过年的,去嫖……"

"……"

"关爱,你和大姐说实话,你到底怎么想的?"

"我想,我要去北京了,和他结婚。"

"啊!"她尖叫一声,我不想等她再说什么,挂了电话。她再打来我没有接,给她发了短信:恭祝春节快乐,合家幸福。

季伯仁在院子里移石头的模样,给他拍灰时,眼睛眯成缝的模样,萦绕着我的春节。像他这样热情满满的人,怎么能够忍受寂寞。像他这样热情满满的人,没有空间来放另一个人的热情。他如果成家,家里只能有他的热闹。

他是我的电视机。

我是永远沉默的看电视的人。

我们合适。

我给季伯仁写了一封信。说,事情我知道了,没有什么,如果你出来后,还想我去北京,我就去。

季伯仁迟迟没有回信。春节结束后,我的生活恢复了原样,上午写作,下午办些事情。吃罢晚饭,就坐在院中,喝热水,看看芭蕉与太湖石。

这天晚上,有人敲门,我愣了一下。我慢慢地走到门边,打开来,果然没有猜错,季伯仁站在门口,满面羞涩。

上一次,他还是普通朋友,今天,却成了未婚夫负荆请罪。

他没怎么变,只是很不知所措。我给他冲了咖啡,他在信上说,他爱喝咖啡。我们坐在客厅里,我问他事情处理得怎么样了。

他坐着不动,头埋在胸前,过了好一会儿,他还是不回答,我不知道他在想什么,后来我察觉到他在哭,不禁一阵惊愕。我把餐巾纸放在他面前的茶几上。我坐着,等他哭完。

哭了半晌,他抽了张餐巾纸擦脸,还是低着头,不说话。

戏,有点过了!他内心深处,没觉得这是件大事,我也写信表明了立场。只是形象受点损,何必煽情呢?

我索性靠在沙发上,等他开口。

"我是不是很不值得?"他看着自己的脚,问我。

万幸,没有说出我不是人之类的蠢话:"还好。"我回答。

他突然抬起头,看着我:"关爱!"

他的眼神里并没有哀求,既镇定又充满主张。很好,我们终于可以面对面说真话了。

"我看了你的信,"他说,"你知道我在想什么吗?"

我望着他,等他说。

"我觉得冷。"

我笑了一下。

"因为我知道,你是真的不生气,真的无所谓。说还想来北京,不是因为舍不得我,也不是为了安慰我,而是……"他看着我,不肯往下说。

"而是什么?"

"关爱,"他说:"说到底,你不是那一块石头啊!"

我怔住了。

"这段时间的交往,我总是抓不住你,不明白你。我们在两个世界。就像现在,我坐在你身边,可你却离我很远。"

"这么说,"我的脸上泛起微微的笑容,"你打算放弃了?"

"不!"他的声音高了一下,立即又平缓下来,他审视着我,"关爱,你对我,到底有没有一点关爱之情呢?"

"有。"

他吐了口气,一个字一个字地问:"有人比我多吗?"

"有。"

他有点气急:"你爱他?"

"不爱。"

"那你……?"

"常常关爱。"

他沉默了。过了一会儿,他缓缓地说:"关爱,你相信吗?我出去嫖,只是觉得寂寞,一个人的寂寞,还有,你带给我的寂寞。"

我没有点头,也没有摇头,我不想追问他世界里的事。

"看了你的信,我哭了很久。我喜欢你静静地听我说话,特别想给你温暖。我知道你家里的事,也理解你为什么这样。我觉得你应该需要我。同时我也知道,你不会用世俗的方式和我相处,"季伯仁说,"我是一个特别平庸的男人,男人有的毛病,我都有。只有你不会计较。"

很好,我看着真实的季伯仁:"我们,还结婚吗?"

他苦笑了一声:"我怎么会喜欢一块石头。"

我也笑:"石头不好吗?"

他突然从沙发里蹦起来,蹿到我的身上,因为地方小,动作大,他的身体别扭地抱住了我。我保持不动,想到他说的"一个人的寂寞,还有,你带给我的寂寞"。他有点尴尬,想吻我却又下不去嘴,嘴里只好说:"你果然是块石头!"

季伯仁和我说好,他先回北京装修房子,如何装修,全部由他定。他问我芭蕉与太湖石怎么办,我说留在院中。他说好的,石头。现在,他常常喊我石头。我觉得这个名字很可爱。

过完春天,房子重新装修完毕。我把一些书籍与物品开始往北京寄,家里的东西越来越少,北京的东西越来越多。同学们每次来都会拿此打趣,只有班长有些沉默。

我等他找我谈话。

但是他终究什么都没说。夏天最热的一天,他和同学们送我上了去北京的列车。临行前,我把钥匙留给他们,一人一把。他们随时可以去我家里,休息或聚会。

我住进季伯仁装修好的新家。他已经开好了结婚证明。我需要户口本,还需要未婚证明,便打电话托班长去我当地的派出所出具一份。

"结婚?这么快?"班长惊讶地说。

"是的。"

"你有家我比什么人都高兴,"班长说,"而且,那个人,很接地气。"

"是的。"

"关爱,有一件事,我不知道应该不应该告诉你。"

"什么事?"

班长沉默良久:"你还记得吗?你转来时第一个国庆节,我请你到家里玩?"

"记得。"我的脸上浮起了微笑。

"老师临走前,郑重地拜托我,要好好照顾你。他说,这是一个男人对另一个男人的承诺。所以,我才会请你,也发动同学们照顾你。"

我的表情一定很奇怪,像被人打了一巴掌,又像被人吻了一下。真相,并不黑暗与残酷的,却没有让我心生喜悦,相反,是一种麻痒痒的痛楚。

"这么多年,老师和我偶尔也通信,每一次,他都会提起你,"班长像下一个大决心,"伯母生病的时候,我们凑的钱,里面也有一半是老师的。"

我觉得鼻子发酸,有湿润的东西要涌上眼底。我拒绝身体这样的变化。母亲走时,我一滴眼泪也没有掉。父亲走了这么多年,我也没有见过母亲的眼泪。我咬紧牙关,轻轻喘匀呼吸。耳朵里全是班长的声音:"我不明白,老师为什么对你这样,你转来时,他就走了。你们根本没有见过面。我猜想,他是不是知道你家里的事。如今,老师有老师的家,你也要结婚了,我不想再保守这个秘密。它早就不应该是一个秘密了。"

要不要去找老师,哪怕打一个电话。他为什么对我如此,理由不可能是我。父亲和我之间,到底还是有关联。母亲走了,我也来到北京。一切都让它过去吧。

十六年前老师的微微笑容,和十六年后的笑容微微,原来如此具体。也好,我结婚也结得安心了。

领证那一天人很多,我和季伯仁从早上九点排到十一点,才拿到红本子。

我打电话告诉了班长与同学们,他们都恭喜我。

我养成了坐在阳台上的习惯,季伯仁给我买了一张单人沙发。我对面有一幢灰色建筑。我把它想象成太湖石,至于芭蕉,我想,它就在湖面旁边，只是被挡住了，如果我走出阳光，绕过去，它一定还在那里。

闲时，和班长与同学们通邮件。我与母亲的旧居，现在是他们聚会的点。他们说，房子少了我，气息都变了。我问变得怎么了，他们说，变热情了。我笑着写邮件，说你们以前从来没说过我不热情，我的饭都白烧了。

有一天，班长突然写来一封邮件。说，你和老师联系一下吧，他前两天突然回来，还谈起了你。老师似乎过得不好，又说想走，很憔悴。

我坐在沙发上，看着电脑屏幕。那张微微笑的脸渐渐模糊起来。我站起来，立即给班长打电话。手机没有人接，办公室没有人接，接着打手机，一遍、两遍。他接了又挂断，发了条短信：我在开会。

从来没有过的，我继续拨打。手机接通声一声接一声地响着。终于，我听见了班长焦急的声音："关爱，出什么事了？"

"老师怎么了？"

班长愣了："我不清楚，所以才叫你去看看，你在北京，离得近。"

我连再见也没有说，挂了电话。拿起手机和钱包，套上外套，换上鞋，便朝外走。

北京的秋天非常爽朗。走着走着，我略略镇静了一些。老师住得离我并不远，我查过地图，有一条小路，穿过去走快点，二十分钟就能到。

他住的小区不大，只有几幢楼，都很高。我走进小区，却没有勇气去找哪一幢、哪一个单元、哪一户人家。他有他的家庭,我有我的家庭。我并不是他的学生,我也从来没有把自己当成他的学生。我想来见他,是想问他过得好不好,为什么又要离开,又要离我那么远。可是,他过得好不好,我有什么理由去问,他走或不走,我又拿什么去问?

连母亲与父亲,共同承担了那么多,正式结婚,生下我,到最后,都不能有机会问一声:"你为什么不带我一起走?为什么走了不再回来?"

我坐在一个花坛边。

所有的能量都消耗殆尽。我只能这么坐着。

风吹来,树枝轻轻摆动。

一些老人接回放学的孩子,从我身边路过。有的孩子很小,有的大些。渐渐地,看不清了,只剩人影、树影。天完全黑了,我已经无法再坐下去。我要逃回我的阳台,面对着太湖石与芭蕉。

我站起来,转过身。他慢慢地走近了。我不得不看着他,喊他:"老师。"

"关爱。"

我想说我要走了,却说不出口。他已经说话了:"来很久了?"

"没,刚到。"

他不说话,只是看着我,过了好一会儿说:"我一直站在你后面。"

我拼了命,眼泪没有落下来。

他说:"我们找个地方坐坐吧。"

我只能点头。

晚上的街道居然比下午热闹。晚上在外的人，要比白天多。我们不说话，也不交流眼神。只是朝前走，一直走。

到了一个茶楼，他看了看我，我点点头。我们走进去，找了张桌，坐下来。

这样面对着面，好像还是第一次。他瘦了，精神大不如以前。

他勉强笑了一下："结婚怎么样？"

"好。"

"现在长住北京？"

"是。"

他看着我，不是朋友间的闲聊，也不是情侣间的难分难舍："关爱，我要走了。"

服务员把菜单放在我面前。我听见他说："关爱，别这样。"

我的头低着，眼泪不停地往下掉，打在菜单上。

菜单平放在我面前的桌上。我的耳朵里，全是他的声音："我去美国的第二年，认识了我太太，她是北京人。我们相处得不好，也没有孩子。她说想回北京，我陪她回来了，本以为回到中国一切都会好转，可还是不行。我们只能分开。我不想再回美国了，想换个环境，法国挺好的，我一直喜欢那里。"

具体的故事让我冷静下来,我接过他递来的餐巾纸,擦干眼泪。

季伯仁坐在我家里时掉的泪,是否也是情不自禁。

是否父亲走时,母亲也这样落过泪。

我不想再说话,也不想再看他。我点菜、吃饭。我想回家。我想逃进我的石头里。

吃罢饭,他结了账,我们出来,顺着路又往回走。

我们继续并排,依然谁也不看谁,谁也不停下。不知走了多远,在一个路口,一辆汽车突然从我身边蹿过。我捂住衣服下摆,听见他问:"关爱,有你父亲的消息吗?"

我停下来,抬头看他,在一个没有想过的路口。我摇了摇头。

"你父亲消失的前一年,"他说,"我父母双双自杀,是你父亲帮助我渡过了难关。我一直相信,他总有一天会回来,为了你母亲,为了你,为了他们的理想主义。

"我也一直在打听他的消息。你转来的前一年,我听说他在新疆,就去找他。"

我转过头,不再看他。

"他在那里结了婚,生了两个儿子,做玉石生意,盖了楼,开着豪车。我不能相信那是他,可他说,他就是他。他一直没有变。

"他说,他是时代的弄潮儿,又说,时代变了,一切朝钱,他必须成为有钱人。

"我问他，就算理想不算什么，为什么不回去看看你母亲，还有你。

"他说，他已经再世为人！"

我伸出手，紧紧握住他的胳膊。

他的手压在我的手上："我不理解，我也不明白，我对什么都很失望。我想尽一切办法离开中国，后来得知你要来，我想见你一面再走，可是，我办不到。"

"我无法面对你的母亲和你。"

"关爱，对不起，我没有好好照顾你和你的母亲。"

我问："你什么时候走？"

"后天。"

我的背痛得驼了下去。他又说："我这次去南方，班长带我去了你家，我看了你的芭蕉，还有那块石头，他们说你临走前嘱咐，不用管它，一切顺其自然……。"

我看着他，他也看着我，我们还有什么需要多说？

2016 年春修订于北京

卡卡的信仰

那时我读初二,因为小学时跳了一级,所以我才十二岁。在暑假开学前,父母的大学同学,要把她的儿子寄养在我们家一段时间,在这段时间内她将和丈夫办理离婚。她丈夫是个法国人,和她生活在美国,因为害怕失去独生子,她决定把儿子送回中国。在八月二十九号的傍晚,我的父亲从机场接到了他——他一个人从美国飞来。然后他们一起回到了家,他跟在我父亲的身后,个子不是很高,大概一米六几,当他和我妈妈和我点头问好的时候,你们难以想象,他那漂亮得出奇的五官和一双灰绿色的眼睛。后来他告诉我父母他的爷爷并不是法国人,而是个俄罗斯的贵族,因为政治原因流亡法国,娶了个法国女人,生下他的父亲,他的父亲又娶了中国清华大学的才女,生下了他。

我父亲在客厅里热情地替我们介绍,他说:"卡卡,这就是我和你常常提起的信仰哥哥,他比你大两岁。"他再说,"信仰,这是我的女儿卡卡,以前也和你提起过的。"他一边说一边朝着空气热情地挥手,说,"信仰,这以后也就是你的家了!"

他只朝着我点头微笑了一下,就把眼睛挪开,放在家具上。他背后背着一个巨大的旅行包,几乎拖到了膝盖。我母亲责备我父亲为什么不帮信仰背行李,我父亲无奈地说他拒绝了。然后我父亲微妙地笑着说:"他为什么要我背呢?他已经是个男子汉了。"

他被带到了我小房间旁边的书房,那里搭了一个床铺,是专门给他的。我的房间门和他的房间门略略错开,如果门不关的话,我们互相可以看见对方房内的一角,为此我曾经很不高兴,因为有个陌生人将入侵我的领地,并且是个男生,但此时见他步履蹒跚地背着大包走进书房,我的脸突然发起烧来,我觉得有一种甜蜜的东西流过我的心脏,它快活得膨胀起来,并且怦怦直跳。

他走进房间,打开巨大的背包,先从上面拿出书和文具,放在桌上。书垒得整整齐齐。然后就是衣服,一件一件,理好,再架在新买的布衣柜里。那套淡蓝色的睡衣折成四折,放在床头。他一丝不苟地做着这些,最后他把行李包的空气放空,叠平,塞进床底下。他拍拍双手,去洗手间洗干净,然后又回到书房,拿起一本书,坐在椅子上,低下头,看起来。

我父亲假装有事走进我的房间,偷偷地观察他,他示意我叫他吃饭,打口型给我让我叫他哥哥,我父亲的脸上堆满了讨好的神色,把嘴唇向两边咧开,他怕我不高兴,事实上我也一直在为家里来个男生和他们闹情绪，但此时我竭力装作若无其事，尽管我得到了一个进入他房间的机会。我下意识地拽拽衣服下摆，我并不喜欢这件衣裳，穿它有点恶意的抗拒心理，但此时已容不得我换上那条藏蓝的水手裙了。我的双手扶住门框的一边，身体略向内倾，只把头伸了进去，光线穿过百叶窗正好落在他的头上，灰棕色的头发闪着光，像戴了一顶无比漂亮的帽子，我鼓足了勇气，我知道我父亲正在身后的那个房间内注视着我，我懒洋洋地喊他，我喊："信仰哥哥，吃晚饭了。"

他的身体停顿了一下，没有看我，慢慢地放下手中的书，跳下椅子，犹豫了一下，还是把椅子推进桌子下，然后才转过身，朝着已经站在房间门口的我父亲和我笑了笑，跟着我们走进了餐厅。

席间他很少说话，母亲不停地为他夹菜，问他好吃吗？好吃吗？他就抬起头，认真地冲着我母亲的脸，热烈地笑一下。

他真是一个沉默寡言的孩子。我听见母亲这样对父亲说，心里既痛苦又甜蜜。他不大搭理我，在开始的一段日子，我们的说话仅限于当着大人面的客套，私下里没有任何交流，在过道里迎面走过也佯装不见，各自把身体侧向一边。我父亲为他办了转学，他上了我所在中学的高中部，是一年级，不久我就听见初中部的女生也在议论他，毫无疑问，我得到了众人的羡慕，她们了解到他住在我家，她们向我打听关于他的一切，拐弯抹角，假装无所谓，她们越是这样，我越是难过，就好像一个站在冠军的领奖台上，眼见着圆形体育场内欢声如雷，在颁奖人没有上台之前，只有他一个人知道他根本不是冠军,他要被轰下去的。

我们唯一可以对话的时间就是在吃晚饭时,在我父母关爱的眼光之下,我努力听清他每一句话,以及话里可能包含的喜恶,一丝一毫,都要拿着在心里反复思虑,然后再迎合他的爱好。这使我不停地感受到自己的手忙脚乱,比如他有一次说最讨厌水手的装束,大概源于一次航海中不愉快的经历,晚上我就把那件水手裙收拾到衣橱的最上边,和淘汰的衣服放在一起,可是过了几天,我的母亲在饭桌上提到我的裙子,他又说卡卡穿水手裙挺漂亮的,我无从判断,他说每一句话都是彬彬有礼,态度尽量温和,我母亲说他像个绅士,一个未成年的绅士,这样说时她就充满赞赏、爱怜的微笑,刺疼着我,我知道自己永远无法猜明他真正的好恶,我不过是自己折腾自己罢了。

在沮丧里我疲惫不堪,甚至厌恶自己,我把这情绪转化到他的身上,我恨他,并且决定不跟他私下说话,连招呼也不打。除却那少许的晚饭时间,我们形同陌路,在校园里也是这样。

那件事情,我是第一个发现的人,但当时我被痛苦打倒了,至于震惊,那也是在日后人们的反应中受到感染而逐渐诞生的。

信仰到我家快半年后的那个下午,因为我放学后要打扫卫生,所以回去时天已经半黑了。我走进大院,转过弯,在转弯处向里有个死角,建了一个小花园,面对路口处围了一个半圆形的走廊,走廊上爬满了一种花,到了这期间就要开满了,我就想着这花,也想独自静一会儿,他应该在家里，可是父母还没有回来，我就在转弯处调整方向，往花园里走，我穿着体育课上的牛筋底球鞋，所以没有一点声音，天真的挺黑的，尽管还有点朦朦胧胧，我先是看见一个女人被人抱住坐在走廊下的石椅上，我别过头，这在这里很常见的，他们没有看见我，或者说他们太投入了，根本没有在意身边有人走过去，我悄无声息地走过他们身旁，看见他正抱着怀里的女人，拼命地吻。

我不自觉地就发出了一点声响，或者是我叫了，或者根本没叫，只是本能地呀了一声，但是那个女人十分警觉，她立刻就听到了，并放开了他，看着我。

我也看着她，也认出了她，我想跑，立即跑得远远的，但是我没有，我只是在想怎么可能是她呢？她的动作比我快，立即跳起来，往后倒退，但是他只回头看了我一眼，就一把抓住了她，抓得很有力，或者是她顺从了他，被他抓着，走到我身边，他还是温和地为我们互相介绍："这是我叔叔的女儿，刘卡卡。"

"卡卡，这是我的语文老师，曾蝶。"

那个高中部语文组组长，受人尊敬的曾老师走近了我，像对待一个成人样伸出了右手，停在我的面前，我本能地伸出手，即使为了面子。她的手很大，而且纤长，干巴巴的，裹住我，我自卑得像心被恶狗咬了一口，原来他喜欢这样的手，我的手，是肉的、小的、潮湿的。

曾蝶看着他，等待他的决定。他们几乎差不多高，都一米六几，在这样的光线里看不清表情,都穿着牛仔裤,女的看着男的,就是一对情侣。

他对她说:"你先回去,我和卡卡谈谈。"

她好像还有点不安,挪了一下脚步,又停下来。他轻轻地在她背部拍了拍,说:"放心吧,晚上我给你打电话。"于是她安心了,朝我点点头,就快步走出了走廊,她的步子迈得不大,显得有点碎,我想起来有人说过她小时候上过戏校,是唱花旦的。

我们一起看着她走远了,在远处,她回过头,朝这个方向看了一眼,很迅速,她就转头而去了。然后,他走近我,说:"能陪我走走吗?"

我没有说话,他就朝前走了,我跟着他,身后背着书包,顺着走廊向里走,花果然是开了,我闻见阵阵的香气,才走几步就看见了尽头,我有点尴尬,不知道到了那里该做些什么,他转过头,看了看我,说:"书包很重吗?"

我愣了愣,说:"不重。"

他说:"歇一会吧,背了半天了。"

于是他在走廊最靠里的一个石椅上坐下来,拍拍身边的空地,对我说,我想拒绝的,但是这个理由使我顺利地在他身边坐下来,石椅很凉,屁股下面觉得冰冰的,他问我包里有书吗。我说有。他说拿两本出来,我打开书包拿了两本,他示意我站起来,把它们全垫在我坐的地方,再拍一拍,说这样就不会冰人了。

麻痒痒的,在温暖的幸福里蕴藏着痛苦,他为了另一个女人对我含情脉脉,但羞辱中的快感让我不能离去,我坐在书上,看着公园死角处的墙壁。在短暂的沉默后我突然明白了他的意图，我说："信仰，你放心，我会替你保密的。"

他说："不，不，我不是要你保密，我只是不希望对你有影响，所以我要和你谈谈。"

我转过头，就可以看见他的侧面，鼻梁高高的，额前坠下的一缕头发遮住了前额，我心里一阵绞痛，不由得弯下腰，他就是那么美，他为什么要那么美。

他说你知道我是个混血儿。我生来就和你熟悉的人们不一样。

我说不，你们是一样的，混血没什么不好。

他笑了笑，说我是说我的身体和你们不一样。他看了看我，好像这是个费解的难题，不知应该怎么对我说清楚。然后他用手捂了一下脸颊，像是下了个决心，又理了理上衣，才说："我大概几岁的时候就喜欢女人。"

我哦了一声。

"尤其喜欢成熟的女人，我是说那些女人的身体让我喜欢。"他落落大方，侃侃而谈，"我还记得我有一个干妈，很漂亮，身材很丰满，我特别喜欢她，她让我干什么我就干什么，让她喜欢我，让她抱我，我就靠在她的怀里，她的乳房柔软壮硕，我觉得能这样靠着就很幸福。我还喜欢摸她的胳膊、脸蛋，她的皮肤特别滑，而且有一种奇怪的油腻，摸上去很舒服，现在我常常想，那是不是也算一种爱情？我喜欢女人，太喜欢了。"

我小心翼翼地问："你不喜欢小女孩？"

"看,"他说,"卡卡,这就是我找你谈的原因。"

"我喜欢你,当然,你很漂亮,你还不能了解到你的美,"他看着不远处的围墙,好像那就是我,他说,"你的脸是典型的瓜子脸,皮肤又白,眼睛有点向里收,眼珠又黑又亮,充满了严肃,也许十年或者更短,你就知道把严肃转成另外的东西,你会迷死很多男人的。"他悠然神往,"你看你的妈妈,你跟她多么相像,她现在是多么迷人。"

我心里往下一沉,痛苦瞬间又打了我一下,我为他最后一句话问:"你不会喜欢我妈妈吧?"

他愣了一下,说:"你想听真话?"

"当然。"我说。

他说:"这也是我同意到你家来的一部分原因。"

我一动不动,果然是这样的,那每餐晚饭,我母亲的载笑载言,他的小绅士表现……,我觉得心一跳一跳地悸疼,把腰往里蜷,贴在膝盖上,他注意到了,问我冷不冷,我摇摇头,两个人稍沉默了一会儿,我问:"那,曾老师呢?"

"我喜欢她,"他说,"她把幻想变成了现实,"他像是不知怎么表达,说,"我真是太幸福了。"

我努力回忆在学校里听到的关于曾蝶的只言片语,这位高中部语文组的组长,已经有三十六岁了,不错,她是属马的,整整三十六岁,还没有嫁人。她的脸跟我妈妈一点也不相像,有点圆,眼睛细而弯长,体形也不错,乍看上去还似个二十七八岁的大姑娘,可是罗信仰,他今年刚刚十四岁,尽管他是个混血儿,他说他和我们都不一样。

我问:"她爱你?"

他回答:"我们发疯一样地相爱。"

我又问:"你们打算结婚吗?"

他迅速地说:"当然,"接着想了想,"不过要再等七八年呢。"

我觉得一阵气血翻腾,我差点说再过七八年,刘卡卡也长到二十岁了。但是这个时间的长度又让我觉得宽慰,那时的曾蝶已经过了四十岁了,四十岁的女人,我忽然间就泄气了,我的妈妈去年刚刚过的四十岁生日,可是她保养得很好,我不清楚,她大概依然迷人。

我们那一天一直坐在公园里,直到天黑,还没有散,我们不停地说话,互相说,各说各的,他讲那些记忆中美好的女人,他想办法和她们接近,讨她们喜欢,但是她们都把他当成一个小可爱,最棒的是我妈妈,说他是小绅士。当然只有曾蝶,她当他是个男人,是个可属于她的男人。我说了许多童年回忆,不知不觉,我等于把我妈妈的过去告诉了他。

后来他的手机响,这是我父亲送的,为此我父亲还特意到学校和老师打了招呼,我父亲时刻怕他出什么事情,因为他太漂亮了,特别是个十四岁的少年男人,他的确太漂亮了。

他说我马上回来,大概我父亲问他有没有看见我,他说没有,紧接着他平静地撒谎说初中部今天有活动,他离开学校的时候看见整个初中部灯火通明，正在大扫除。

我们大约八点钟回到家，一前一后，间隔七八分钟，我父亲和母亲的表情很平静，并没有问这问那，两人在厨房里各自热菜，我母亲站在灶具旁，我父亲守在微波炉侧面，电视机开着，传出广告的声音，各式各样，带着鼓励的热情。我们各回各的房间，做作业，等吃饭，我掏出书本坐在写字台旁，自己房间熟悉的气氛安慰了我，把刚刚回来路上的痛苦抹平了许多，在多年后这已经成为经验，如果难受的话，那就回家吧。

我不能看书，也不能在本子上写一个字，我忍不住躲在房间门背后，窥视他的房间，门没有关死，仿佛有意为之，他坐在床头，拿着手机，正在通话。

如果有内伤的说法，我想我可以吐一口血出来。

他下午和曾蝶分手的时候说过，我会给你打电话的。他果真是个男人了，已经对女人很讲信用。我看着，听见我父亲站在客厅里叫我们吃饭，以往他喜欢走到两个房间的过道中叫，可是今天他只是站在客厅，声音空荡荡的，如同饭店跑堂的回音。

我们四人坐在桌上，我妈妈害怕气氛沉默，她一直是个活泼的女人，她给我和信仰夹菜，说一些报纸上看来的逸闻趣事，他依然微微笑着，偶尔附和，但是他的态度还是有些僵硬，第一次，他为了照顾我的情绪，把话题转到我这里，用提问的方式逗我说话。

我讨厌他为了这件事讨好，但是我又隐约觉得，或者是我的希望，他不是在讨好,那里面还有些其他的内涵,我又为之欣喜,并说起话来。我感到我父母松了一口气。

事情就这样定了下来,我和他守着这个秘密,曾蝶在此之后就再也没有见过,即使同在一个学校,因为高中部和初中部不在一个楼,中间隔着操场,所以不见面也不奇怪,她除了三十六岁未结婚,在学校里也不是什么风云人物,有庆祝活动时也很少露脸表演节目。

还是有女生为他疯狂,甚至在路上堵追他,打听我们家的电话号码,我一律告诉,并且有种恶意的快感,她们的痛苦又怎么能企及我的万分之一,她们的所作所为,又怎么能企及我每天平静的生活。

他的母亲从纽约回来一次,给了他一万美元,他为我买了一条项链,我不愿意收,他交给了我的妈妈,说是算给我成年的礼物。我妈妈晚上把项链送到我的房间,问我为什么拒绝信仰哥哥的好意,我说没有,我真的不想收,我妈妈端详了我一会儿,说你真的挺漂亮的。就是太严肃了,为什么要这么严肃呢?她有些费解,把项链放在我的枕边,我不想和她多话,尽管我和她那么相似,但是她的一举一动都是我临摹不来的,我说我还有很多功课要做,她没说什么出去了,我放下笔,在桌子上架着的一面小台镜子里审视自己,白白的瓜子脸,脸颊和下巴上的肉都很丰实,嘴唇总爱紧紧地抿着,所以整个脸下部的肌肉都好像很用力,眼睛平视前方,眼珠有点往里陷,发出深深的琥珀色。这时我妈妈敲门进来,在我的桌子上放了一盘切好的苹果,在盘子边上还放着几根插果肉用的牙签,然后她就走了,不发一言。

我把那个装着项链的盒子塞在我的枕头底下,我没打开过,一直放着,头枕着入睡。

这样又过了几个月,直到他母亲第二次从纽约回来,直接闯入我们家,她竭力要保持镇静,但她毕竟是个中国女人,对此类事情的发生缺乏承受力,她追问我的父母,坐在沙发里,身体前倾,两手捏住沙发扶手里的海绵,在我到客厅倒开水喝的时候她紧张地示意我妈妈叫我进房间,我妈妈对她摆了摆手,叫住了我,问我知不知道这件事。

我已经有了预感,但还是装作无所谓的样子耸耸肩,问她什么事。

我从来不耸肩的,我的样子一定很怪,我看见我妈妈的脸色变了,严厉地对我说不要装腔作势,她说:"你知不知道信仰和他的老师谈恋爱,那个老师,"她想了想,换了个词,"那个女人!她已经辞职了,而且信仰也失踪了!"

"失踪?!"我叫着,"不可能,昨天我还见过他。"

信仰的母亲歉意地看着我,说信仰给她发 E-mail 说他和他的老师曾蝶谈恋爱,曾蝶怀孕了,已经从单位辞职,他们要生下这个孩子,而且他要休学三个月,陪着曾蝶和他的孩子。

她说他算好了时间的,从他发信给我到我赶来,正好今天上午离开,我已经到处找过了,他不在学校,哪儿都不在,他和那个女人在一起,她说着说着就哭了起来,说天哪,他才十四岁,我为什么要给他一万美元呢?!她不停地说,在哭泣的过程中,我为什么要给他一万美元呢?!

我木然地站在客厅中央,看着她手足无措地陷在沙发里,我母亲把抽纸递给她,她接过一张,擦去泪水,我母亲就再递一张,她再接过来,擦拭干净,最后她把抽纸盒抱在怀里,这情景,我在电视上见过多次,天下的女人并无区别,她哭泣着,诉说着,乱了阵脚。

而他,我想,就这样抛弃了我、我的妈妈,陪着曾蝶,他要生下他爱情的结晶,我觉得一阵眩晕,他是蓄谋已久的,如果曾蝶到了不得不辞职的地步,那也有几个月了,所以他才会买那条项链给我,成长的礼物?!他定是想好了不再见我的。

我发觉我的身体向后右侧倾斜,它不受我的控制,并且我觉得黑暗突然就强大起来,拖住我远离地面,我晕晕地跟着它,不知要飞多远而去。

我醒来的时候发我的妈妈坐在我的床边,手里托着一本小说,她的神态很安详,好像什么事情也没有,她的身边不是躺着昏厥过去的女儿,而是一只睡午觉的大猫。她发觉我醒了,瞄了我一眼,说醒了?醒了就好。我问信仰妈妈还在吗,她说还在,我让她在信仰房里睡一会儿,她边说边伸出手在我的头发上摩挲,我的头皮在她手掌柔软的力量的控制之下,传抵我的心脏,好像那块区域都被震颤起来,我的胳膊和腿一阵发麻,我怎么就抽泣起来了,把脸埋在枕头里,妈妈还是不说话,抚摩着我,我也就是从那时开始理解信仰为什么对她这样的女人感兴趣,我的妈妈,她与众不同,镇静有力。而我,则丢人地在最后边哭边说:"哦,妈妈,我们再也见不着他了!"

妈妈搂住我说:"不会的,他生了孩子,一定会带给我们看的。"然后,她苦笑着说,"我也老得要做奶奶了。"

我失声痛哭,把我这几个月来的屈辱、卑微全部在我妈妈的怀里哭了出来。

信仰的母亲为此报警,我的父母劝阻过她,但是她已经是个美国人,而且她认为信仰很快也要回美国,对于在这里可能发生的传言,他们可以置之不理,她控告曾蝶诱拐少年,而且是自己的学生,她和她的丈夫联系,他们在电话里争吵,声音极大,用英文咆哮,那个男人,她气喘吁吁地告诉我妈妈,他觉得信仰的事情没有什么大不了的,他说年轻人总会犯错误,这个猪猡!她恶毒地诅咒他,早晚要死于艾滋病!但是猪猡还是如她要求寄回了信仰在美国医院的出生证明的复印件,毫无疑问,曾蝶和信仰发生关系的时候信仰根本未满十四岁,她在饭桌上狠狠地咀嚼饭粒,脸上的肌肉狰狞地牵动,她说她要告死这个女人!

我母亲柔和地跟她开玩笑,说:"你这个样子真不像个美国人。"

她恶毒地盯住我的母亲,说:"全天下的女人都这样,换成卡卡你就不会这样?"

我妈妈立即向她道歉,对于自己的玩笑,她意识到她伤害了她的朋友,她说对不起,两个女人潸然泪下,我父亲则抱歉说都是我们家里的错,没能管好信仰,信仰的母亲一边哭泣一边说和你们没有关系,我就知道,他是他父亲的种,一点没错!

信仰的母亲通过大使馆向本地的政府施加压力，这个案子变得复杂而且惊心动魄，难以言说的暧昧不清，牵涉到许多人和那些人内心隐蔽的情感或者道德。一家小报的记者通过警察局里哥们报道了此事，但是第二天报社的主编就被请进了市政府做检查，所以尽管人们有各种猜测，但由于那家报纸平时就缺乏权威性，大家也只是说说而已。在学校，也有老师和学生把曾蝶的辞职和信仰的退学联系到一起，但是这太敏感了，谁也不敢妄下断言，起码没有人敢当面和我谈及此事。

日子一天一天过去，像是什么也没有发生。在约一个月后，信仰的母亲得到通知，曾蝶的名字在邻近城市的一家妇幼医院查到了，她办了假结婚证，在那里建了大卡，并且已经住院等待生产，警察局面临一个奇怪的难题，如果是超生婴儿，在此时就可以强行打针，使胎儿死于腹中，可是对于一个私生子，谁又能决定杀死他或她呢？

信仰的母亲也束手无策，她不敢去见曾蝶，只要求警方带回信仰，她请求我的父母去见曾蝶，说服她打掉孩子，如果她坚持不肯，就请我父母转交给她五万美元，以了结此事。她说不要见到那个女人，说话时底气不足，好像是也亏欠了曾蝶什么，多年以后，我方能理解信仰母亲，作为一个女人，她对要从一个面临生产的女人身边夺走她的爱人深感同情，她不得不做，却又深知这其中的残酷、冷漠和生不如死的痛苦。

她和我妈妈都感同身受，作为和曾蝶年龄相仿的女人。

我听说信仰哥哥在警察找到他的那一刻万分震惊，他暴怒而且发狂一样地要逃走，但是他势单力薄，寡不敌众，他嘶声竭力地痛骂，不在乎他外表的美，上帝也不能帮助他！他被带走了，因为他的狂躁，当地政府害怕再出什么意外，他被直接送进了大使馆，除去他的妈妈，本地人谁也不能见到他，连我的父母和我也不能，第二天他的母亲就和大使馆的有关人员护送他回美国，行色匆匆，只在前天晚上到我们家拿了行李，大使馆的车就在门外等她，连车灯都没有灭，站在客厅里就能看见窗外闪着的光，她和我的母亲拥抱告别，也拥抱我，她没有问我有什么话要带给我的信仰哥哥，她已经方寸大乱，她哭着对我母亲说可能信仰再也不会原谅她了。

我不知道说什么，我哑口无言，看着窗外的车灯光消失了。

曾蝶也没有回来，听说她生了一个儿子，警察局在信仰母亲带着信仰回美国后就撤销了案子，可以理解，这其实是件家庭私事，信仰给我写信，求我帮他找到曾蝶和他的孩子，在找的过程中我才知道曾蝶基本上是个孤儿，她没有亲戚或要好的朋友，她和她的孩子消失无踪。

现在我已经二十岁了，信仰哥哥所说的迷人之处我已经开始理解，并且照样去做，我不知道我是不是符合他的要求，但是我对着镜子的时候常常会抿紧嘴唇，往内用力收住下巴，那个十二岁的少女，还能依稀看见她严肃的模样。

2002 年 5 月

杀鸭记

我的大门外，有一个小池塘。小池塘位于村子最边缘的角落。每天中午我醒来，推开窗，坐在床上或桌边，透过破败的院墙，看着小池塘的景色，我便心情愉快。田园风光并不重要，重要的是它带来宁静。我从中午看到下午，再从下午看到晚上，天渐渐黑了，一切又要从头开始。

现在，我的宁静已被打破一个月零三天。一群不请自来的鸭子，进入了我的池塘。开始我以为是鹅，后来邻居告诉我这是鸭子，但又不告诉我这是谁家的鸭子。这队像白鹅一样的鸭子，从清晨到日暮，都在我的池塘里嬉戏、觅食。它们在水里扑腾，站在岸边用长扁嘴梳理羽毛。它们白白肥肥大小不一，点缀着池塘里的景色。

我再一次穿过池塘，朝邻居家走去。我住的房子就是这家人卖给我的，三间瓦房，连门外约定俗成的池塘和树，加起来一万块。当初卖房子的时候邻居说，你一个人，一间烧饭，一间做堂屋，一间睡觉，多好！你也可以把地上铺铺，墙上贴贴什么的，你们城里人会弄。但是我什么也没有弄，只把房间的安排做了点变动，一间厨房，一间卧室，一间书房。在我搬到这儿的四年中，只有我母亲来过一次，那还是刚搬来的时候，从此以后我再也不让她来了。我也没有接待过一个朋友。当初是我没打一声招呼从人群中自动消失的，后来，我想，他们大概慢慢地忘记我了。

在这里我与众不同，异类的好处就是宁静。邻居们很少打扰我，有了事情我就去找他们。我穿着朴素，谈吐文明，也许是因为我长年闭门不出，他们总觉得我有些可怕。我走进邻居的小院，男主人坐在一块空地上，看见我，他站起来，姿势有些不自然，他问我吃了没有，我回答吃了，他又问过得怎样，我说不错，然后他就不说话了，抽着烟，等我开口。我问那到底谁家的鸭子，他迟疑了一下，眼睛看着别处，说不知道是谁家的，鸭子就会到处乱跑。我说是吗，在说这话的时候我微微笑着，我说："我不想它们在我的池塘里，你看看是谁家的鸭子，请他把鸭子领走。"他看着我，又迟疑了一下，就答了一声好。我也就表达了我的谢意，告辞出来。

但这群鸭子还是每天都来。又过了半个月。我劝说自己要原谅它们和它们的主人——它们毕竟是可爱的鸭子。每天清晨，池塘边的树、草和野花在晨光中清晰起来，鸭子们排好了队伍，摇摇摆摆地走过来。它们晃动着肥大的屁股，左扭右扭，看上去既滑稽又可爱。它们中有一只大白鸭，是领队，小鸭子们也总能得到某种关照，从人性的角度说，它们活得挺高级。这恰恰引发了我的生理情绪,还有什么比生命更讨厌呢?譬如人。当我坐着,窗前只有静止的池塘、树和一些花草,它们互不相关、漠不相连,当然通过生物书我们知道植物之间也相互依存,但在日常生活中,我们的眼睛是不会提醒这些的。终于有一天,我实在难以忍受,我迫使我自己站起来,走到院中,把堆在墙边的旧篱笆举起来,挡住了鸭子们的必经之路。

我太笨了。第二天,鸭子们绕过了篱笆,跳进了池塘。

我问自己,是和一群鸭子和平共处,适应新生活,还是痛快解决?

我第三次来到邻居家,这下连女主人也出门迎接我了。这是四年中我去他们家频率最高的两个月,我的来意和我的说明一样简单,我说,请你们通知鸭子的主人,把它们领走。

其实还有一些话,我只是没有说,对于说话,我也习惯如此,我希望人们自觉,如果人们不自觉,有些话说了也没有用,如果他们自觉,有些话就可以不必说了。我的邻居显然没有体会到我下一句话。我也没有再去找他,我写信给母亲,问她如何杀死一只鸭子。

母亲回信了,她是个佛教徒,也吃些肉,但基本上不杀生。她没有回答我的问题,说快入秋了,吃点鸭肉是好的,要自己照顾好自己,最后,她说,鸭子还是让卖的人杀吧。

我又写信,说我的鸭子不是集市上买的,是邻居送的,所以要知道怎么杀。

她回信说，让你的邻居帮你杀一下吧，杀鸭子很麻烦，你得有刀，要抓住它，找到血管和气管，杀死了以后还要拔无数的鸭毛，她说真的很麻烦，你不如把鸭子还给邻居吧。

我不喜欢见到疼痛，不管是人的还是动物的。现在，我要杀鸭子，要杀得轻松自如，看不到疼痛。

枪毙肯定不现实，我没有枪；投毒容易污染环境；活活饿死是根本不可能的，它们都自食其力。活埋倒是一个好办法，首先挖坑容易实现，只要想办法把它们赶进去，再把土填满。至于它们的挣扎，我是看不见的。在想象中，剩下一个环节需要解决，就是怎么抓住一只鸭子。

去请教邻居？那无异于打草惊蛇。问母亲？算了，她长篇大论说半天，也说不上什么。我想起以前的一个朋友，他曾在农村插队，而且就在湖边。我打开抽屉，电话本居然还在，上面蒙了一层细灰。

我正好要去县城取一笔稿费，便把电话本放进口袋，出了门。鸭子们对我熟视无睹，快活地在池塘里玩耍觅食。从村子走到县城约一个半小时。我先在邮局取了钱，然后，到邮局边的小卖部打电话。电话响了几声，有人接了，我一下就听出了那个声音。

他也一下听出了我的声音，他说是你啊，你好你好。

我说你好，有件事想请教你。

他问我什么事，我说鸭子应该怎么抓。

"什么？"

"抓鸭子。"

"你这个问题怎么这么怪？"他说，"抓鸭子又不是一门职业。"

我有些明白了，他又补充道："随便你怎么抓都行。"

我说："哦，明白了，谢谢你。"

他说："你一脚踢翻了也行。"

"行，谢谢你，再见。"

"再见。"

我掏钱给小卖部的老板娘，她一面找钱一面打量我，似乎有话要对我说，我问她有事儿吗，她笑了笑，说："要抓翅膀，不然会乱扇的。"

我愣了一下，问："先抓翅膀吗。"

"随便！反正要抓翅膀。"她狐疑地看着我，"你没见过抓鸭子吗？"

我点点头，想了想，又问她："如果是一群鸭子呢？"

"找根绳子，把腿捆起来。"

什么，还得要绳子？我告别了老板娘，朝百货商店走，心里开始烦乱。公路上不时有机动车开过，除了农用车和货车，竟然还有一两辆高级轿车。我看着它们，觉得它们在此地的出现比我的出现还要古怪。突然，我想到了，如果用篱笆围成一个圆圈，只留一个缺口，然后在缺口处挖好深坑，把鸭子赶进去不就成了吗？我冷静下来后又仔细地想了想，不错，这的确是一个好办法。

我立即回家。这件事的烦人程度已经逼着我速战速决了。此时是下午三点，我把院里堆放的篱笆全部拖出来，放在池塘边上，然后沿着池塘围圈。幸亏池塘不大，只费了些工夫，就围好了一个完整的圆圈。我拿着铁锹，走到缺口处，开始挖坑。

鸭子对我没有防备之心，它们认为我是一个友善的邻居。有一两只靠近我，看着我忙碌。

我一锹一锹铲着岸边的泥土，一些蚯蚓和小生物被我翻了上来，鸭子们兴奋极了，三三两两的，围在不停堆高的土堆边，用宽宽的扁嘴在土里翻啄，不时昂起细长的脖子，把食物咽进肚里。

塘边的泥土并不坚硬，为了挖得更深更大一些，防止它们逃脱，我跳进坑里，把土一锹一锹往外铲。坑内的泥土很潮湿，挖了一会儿，好像有水从底下渗出来，渐渐地，水就浸湿了我的鞋袜。我埋头挖着，偶尔一抬头，看见四周全是高高的泥土，土黄色的，堆成不规则的墙壁。忽然之间我产生了某种冲动，我想疯狂地挖下去，不停地挖，挖到我再也不能爬上去！我感到脊背一阵发冷，陡然地住了手——好个又大又好的深坑啊！

天空变小了，树上的叶子那么遥远……我紧紧地握着铁锹把——这是个非常即时的停顿，我朝上爬的时候差点摔下来，如果有人稍稍出手，那么被活埋的肯定是我，而不是这些鸭子。

我气喘吁吁地站在坑边，望着巨大的深坑。天色已晚，越快动手越好，正好有几只就在身边觅食，我顺手一挥，就把两只鸭子挥了进去。它们嘎嘎大叫，挥舞翅膀，细小的白绒毛从坑中飞升而起，如雪花般散落。

我又去挥另外几只,却被它们逃脱了,但它们没有警觉,只是跑开几步,便继续觅食了。我拿起准备的长竹竿,绕到池塘的另一边。鸭子们有的在水中,有的在岸上。它们似乎听不见坑内同伴的叫喊,只是吃食和梳理羽毛。我举起竹竿,它几乎有池塘半径那么长。鸭子们立即惊慌起来,朝着四面八方乱跑。我不慌不忙、循序渐进地把它们朝着坑里赶。池塘不大,那个角落就更小了,有几只在挣扎与跑动中落了下去,有几只躲过了竹竿,沿岸大叫着奔跑,还有几只扎进了塘里,在水中乱窜。一通忙乱后,鸭子们完全惊骇了,由着我的竹竿左指右挥。我赶得不太急,好像那个坑是它们的家一样,轻柔而努力,带着某种关怀。鸭子们狐疑起来。几只意志薄弱的听了竹竿的话,被"请"到了坑里,还有几只顺着走,只是走得不坚定……坑内嘎声大作,配合着坑外的斗争。最后的结局总是如此,我们会看到一个英雄,一个聪明人,一个先知先觉——那只领队大白鸭,始终躲避着我的竹竿,既不太远也不太近,巧妙地保持着距离。我追逐着它,即使为了公平,也应该把它赶下去。它在水里和岸上与我捉迷藏,地方虽然不大,但也足够一只鸭子显示智慧了。它顺着竹竿前进后退,就是不朝坑的方向跑,而且,它很有耐心,比我更能坚持。我突然把竹竿朝地下一扔,席地坐了下来,从口袋里摸出一支香烟,点上火。天已经半黑了,大白鸭浮在池塘中间的水面上,一动不动。也许它也累了吧。快要什么都看不清了。

它应该是我的哥们!我把烟头扔进塘里,决定不再管它。坑中已经是白乎乎的一大团，相互挤压在一起，还有白白的一团一团在朝上蹦，乱七八糟的羽毛雾蒙蒙地在半空中盘旋。我朝手上唾了一口唾沫，把锹拾起来，开始朝坑里填土。我填得飞快，用铁锹迅速地推着，胳膊累了就用脚踢，脚累了就再用锹推，填着填着，我突然发现那只大白鸭正在旁边吃蚯蚓，我什么也没想，走过去就是一脚，它立即被踹翻了，嘎的一声倒在地上。我俯下身，抓住它的翅膀，这是我第一次抓住一只鸭子，白白的羽毛既温暖又柔和，让所有的力气在一瞬间崩溃了。我微微一松，差点就把它丢到了地上。鸭子，抓它果然是一件容易的事。

大白鸭一动不动，，也许被踢伤了。我把它扔进那个半埋好了的坑里。它没有发出任何声音，躺在白色与灰色的混合物上。我继续埋着，渐渐地，一种体力劳动即将完成的愉悦代替了一切，我觉得轻松即将来临，我享受着它，并且，我喜欢它。

所有的声音都被泥土遮掩了，或许，已经在泥土中安静了。我全身都在酸痛，到处是泥水和汗水，在极度的疲劳中我渴望休息。我跨过填实的深坑，朝家里走去。在走的途中，不过十几步远吧，我忽然想把这一切都记录下来，为了加深印象，我转过头，池塘被夜幕笼罩着，乡村的景色平淡无奇，远处与近处同样宁静。我的眼泪突然涌了出来，它们涌得又快又有力，我没有办法阻挡，它们就这样来了。

山中日记

九月，我终于攒够了钱。出版社把一拖再拖的稿费给了我。一位奥地利报社的朋友答应来接机，与此同时，我也答应帮他找一些好素材。

旅途漫长，在巴黎转机的时候，我很失望，巴黎不是想象中的样子，起码机场不是。我顺着人流走出大厅，通过专用通道，进入候机室。周围都是肤色各异的人，说着听不懂的话——没有一张脸孔是相似的。

到了奥地利，朋友没有来接我。他很忙，只是联系了当地的一家旅行社。初次踏上异国，我很盼望见到一个相识的人，但接机的导游会说几句简单的中文，加上我的英语，勉强还能交流。他开车把我送到山脚下的一家旅馆。旅馆很漂亮，墙壁是白色的，有尖尖的屋顶。

每间房都有窗户迎街，我住在三楼，可以看见街道和远处山上的皑皑白雪。

街道干净极了，还有更干净的空气。导游开出了一份价格单，详细到每一种服务：陪同爬山、逛逛小镇……我没有那么多的钱……还有……我只想一个人待着。

……离群索居……

没有兴奋，没有特别的感受，我坐在床上，打量着房间的陈设——这就是异乡，比故乡更令人平静。沙发上的布纹，还有咖啡壶的形状，都和平时的不一样，但落到实处之后，它们就是沙发和一把咖啡壶。

这里的鸟很多，而且不怕人。它们老是从窗外飞进来，歪着头打量我，有的甚至飞到我的肩膀上，好像在要吃的。

傍晚时分，夜幕和灯火降临小镇。这里的居民和所有的居民一样，正常地生活着。我顺着街道漫步，由于天色，我显得很不突出，就好像是其中的一分子。皮肤和发色都不再明显，就连衣服，衣服也是差不多的。

我喜欢路灯的颜色，很暗，但是很浓。

有一条小河，在镇子中间，离旅馆大约三站路。晚上去的时候，我没有看清楚，第三天中午，我再次来到河边，就被这里的鱼惊呆了。

好多鱼。

各种颜色，大小不一，数以千计地在河里游动。河水似乎不深，清澈见底。几个游人站在岸边和小桥上扔吃食。那些鱼就整群整群地聚在一起。

我后悔没有带面包来，但这儿的鱼很傻，我把手放在水里搅了搅，它们就以为来了好吃的，纷纷朝手拥来，甚至用圆嘴巴啄我。

真是可爱啊，我笑了，天也是那么蓝。

我开始想上山。

回到旅馆，没想到导游在等我。他坐在旅店的人堂，看见我后立即跳了起来，三步并两步冲到我面前。我被他吓了一跳。他先用眼光打量我的身体，确定我没有受伤后，长舒了一口气。然后他郑重警告我：如果没有人陪伴不要上山，尤其是没有专业登山导游的带领，绝对不能上山！不要以为景色优美就没有危险。他叽里呱啦地说着，挥舞着手势。说实话，我不高兴他的态度，因为我判断不出，他是担心，还是别的什么。他很有优越感。

我请他放心，我不想上山，半点也不想。

气氛有些不愉快。他告辞走了，我走到柜台前，想买一些面包。服务生是个很年轻的大男孩，顶着亮闪闪的灰头发。他问我来自哪儿，我说中国，他显出一无所知的表情，隔了一会儿，他从嘴里挤出两个词："北京？上海？"我礼貌地笑了笑。他说，你想上山应该问汉顿先生，他是真正上过山的人。

可我不想上山。我这样告诉他，忽然觉得他的话有点奇怪，我问他什么叫真正上过山？他从柜台下抽出一本小册子，翻到其中一页，那上面是个中年男人：非常坚强，坚强到像岩石一样的面孔。他说，这就是汉顿先生。

我接过书，里面大都是登山路线。我问汉顿先生在哪儿，他说就住在一楼，最东边的房间。

"他欢迎别人拜访吗？"

"不欢迎，"他狡猾地笑了，"可你从那么远的地方来，也许会不一样。"

"我买这本书。"

在我交钱的时候，他说："如果你要拜访他，最好带一些这样的面包，"他从柜台里取出一种圆圆的、土灰色的面包，"他很爱这个。"

"好吧，"我笑了，"也装一盒。"

决定拜访汉顿先生是在我看了书之后。他是个老人了，很老很老，差不多八十岁。我对一位老人很有兴趣。他已经不是一个男人，或者会有男女之情的男人。某些时候，我觉得老人就是儿童。

穿过一道没有光线的走廊（走廊两边全是房间），所有的灯都亮着，此时是上午十点。

没有人开门，甚至没有人答应。我不知道他是睡着了，还是不喜欢有人来打扰他。

我把面包盒子放在了他的门外，没有留下任何字条，然后走回了房间。

我不想看电视，也不想看报纸。旅行箱里没有一本书，唯一能看的，就是汉顿先生的登山路线。

一共有二十三条，都是从一个地方出发，向一个目标前进，历经不同的山中风光。其中两条线，可以通往最高峰。我躺在沙发上，翻着一窍不通的地图，睡一阵醒一阵，时光就这么过去了。

晚上，服务生把晚饭送到了房间，还有一张便条，居然是汉顿先生写的，他约我明天下午去他的房间。

不知道他是怎么知道我的，也不知道他为什么会约我，也许和那个灰头发的服务生有关吧。这个奇怪的约会让我心情良好。我有一个毛病，如果中午睡过了，到了晚上会更困。而且越是陌生的地方，我的睡眠越好。天刚黑，我就上了床，虽然明天是个小小的约会，而且是和一个老人，但这感觉很是舒服，就像要去见一个老朋友。

汉顿先生的房间朝向东南，光线很好，顺着黑暗的过道走去，他刚打开门的时候，我被他房间里的阳光刺到了，差一点睁不开眼。他的脸和照片差不多，苍白坚硬。他不出声地朝我点了一下头，我也点了一下头。他慢慢地转过身体，走到一张又旧又巨大的椅子旁边，慢慢地坐下来。他的动作很僵硬，一眼就能看出，他的健康已经垮了。但他还是让人能感到一种倔强和坚强。从他的每一个举手投足之间。

现在，他坐在椅子里了。满脸僵硬和满脸孤独。这孤独是他自找的，我一下就明白了。整座旅馆，大概只有我们俩天天待在房间里。

"你从哪儿来？"他示意我坐下。

"中国。"我挑了一张面对他的椅子,坐下来。

他半天没有说话,突然喘出一大口气,像从肺里直接冲出来的。随着这口气,他说了一句英语:"古老的国家。"

我没有回答,因为我觉得他并不需要我回答。他转过身体,面对着窗,窗外是山,连绵的山。我也转过身体,看着那些山。灰色的,绿色的,顶上的是白色的。

不知时间过了多久,大约十几分钟吧。他突然问:"喜欢山?"

我吓了一跳:"还行。"

"想登山?"

"不,"我转过头,笑了一笑,说出了实话,"我只想一个人待着。"

他又喘出一口肺里的空气,看了我一眼:"没有结婚?"

"没有。"

"没有孩子?"

"没有。"

"嗯,"他答非所问,"我有一个儿子。"

"真好。"

他的窗外景色,大约是这个旅店最好的吧。在紧密相连的群山中,有一座高高的山峰,笔直地戳向天空。山峰之上雾气缭绕,白雪皑皑,中间是一条墨绿色的森林带,山下是碧绿的、一望无际的草原。

这是在我的房间看不到的景色,我出神地望着,几乎忘记了时间。

我们再也没有说过话。

有人按门铃,是那个灰头发的服务生,他送来了咖啡与茶点。他假装不认识我,回避着我的眼光,沉默又小心地把餐具摆放得一丝不苟。我想他大约是个推荐人,把我推荐给了汉顿先生,但是又不想显得和我很亲密,以免老人多心。汉顿先生抬了一下手,意为请我用餐。我们慢慢地用完了,天色已晚,作为邀请的回报,我本来计划请他共进晚餐,可他根本不适于普通的社交。他这样待着才最舒服。我礼貌地告辞了。

第二天,我去河边转了转,回来的时候,另一个服务生告诉我,汉顿先生送了我一本书,是我买过的那种。书上没有签名,扉页上干干净净。

那位奥地利导游,再也没有找过我。我买了一些明信片,寄给了父母和几个朋友。虽然我很厌恶这种习以为常的社交,但我一般还会照做。因为他们会很高兴,他们的高兴对我来说,是一件很重要的事情。因为我也会有一丝喜悦之情。

大概过了一个星期吧,有一天,我在面包柜台遇见了汉顿先生。我朝他点了点头。他拄着拐杖,竭力保持着身体平衡,嘴巴微微张开,似乎想把肺里的空气用均匀的速度喘出去!我有一点难过,就在此时,他突然朝我笑了笑。眼睛里滑过一丝狡黠,似乎我们有一种不可告人的秘密。我也微微一笑。他的确是个英俊的男人!尽管他老了,但他的英俊是像石头一样的东西,能征服大山……

在上楼的一刹那，我决定去看望汉顿先生，为什么不呢？就是去坐一坐！

再也找不到能这样坐在一起的朋友了：什么都不用说，什么都不用做。我们都是躲起来的人。

他果然没有问我为什么来，来了又准备干什么，只是点了点头，把我放进了房间。

我坐在沙发上，对着窗外的景色。我们仍然不说话。我们都很舒服。

"听说你常常和汉顿先生待在一起？"奥地利的朋友给我打电话，劈头问道。

"是。"

"你们谈些什么？"

"没谈什么，我们不怎么说话。"

"这不可能！"他尖叫起来，"亲爱的朋友，你知道吗？我一直想写汉顿先生，可是他拒绝采访，你能帮我吗？"

"我能帮你什么？"

"问问他的身世，还有山，山上发生的事。"

"这……"

"求你了，你一定要帮我。"

"……"

这个讨厌的请求使我连着几天没有去汉顿先生的房间。我知道他不愿意被人打扰，可我又没能拒绝朋友的要求，这使我很沮丧！突如其来的俗世生活像逐之不去的苍蝇跟踪至此。我别无他法。我想走了。

可汉顿先生让服务生送来了一张字条，上面没有字，是空的。

我决定去看他，而且绝口不提什么出版书的破事，如果那位朋友一定要怪我什么，就让他见鬼去吧！

在汉顿先生的房间，我遇见了一位极为美丽的少年，汉顿先生说，是他的儿子。

这位美少年看起来最多十六七岁。他的天性显然和他不像。他朝我微笑，眼睛里纯纯的温柔足以让所有女人神魂颠倒。他给我煮咖啡，并打听我对糖和奶的爱好。他试图和我交流关于中国的知识，措辞委婉、礼貌，又略显亲热。汉顿先生独坐一旁，面向大山，一言不发。他似乎很了解他的父亲，陪我略坐片刻之后，他吻了他的父亲，告辞而去。

汉顿先生目送他走到门口，看着他关上门。老人僵硬的表情有了一丝松动。他主动向我解释："我六十七岁结的婚。"

我点了点头。

又是长时间的安静。窗外的景色今天没有融入这个房间。防线被打破了，或者早就不存在。我们都对对方充满了好奇，却不知如何开口。

"您太太,还在吗?"

"在。"

"她一定很漂亮。"

"是的。"

他沉默了一会,像下了很大的决心,慢慢地说:"十年前,我们离了婚。"

"您在这儿住了十年?"

"是的。"

"……"

"你的愿望是什么?"他突然问。

"我吗?"我吓了一跳。不是他提问,而他这个问题直指我心。

他点点头,努力保持着均匀的呼吸。他今天没有大喘气,没有从肺里发出过声音。"嗯……"我撇了撇嘴,有一个想法,何止想了几百遍,"如果我能生在一座庙里……"

"庙?"

"就像教堂,是佛教徒生活的地方。"

"……"

"寺庙也不大,就是山中的一座小庙吧……我不知道我的父母是谁,从哪儿来的,要去哪儿,总之,我就生在了那儿,没有父母、没有亲人……我不知道外面的世界,也没有机会知道……我就慢慢地长大了,慢慢地老了……有一天睡着的时候，我就死了。"

"……"

"可是现在……"我们沉默了很久后，我说，"我快走了。"

他动了一下，轻声问："什么时候？"

"几天吧，我的签证快到期了。"

他点了一下头。

"您为什么不和外界交往呢？"我问出这话就后悔了，我是蠢货吗？

他温柔地笑了一下。我突然觉得那个美少年多么像他啊！至于我的问题，他当然没有回答。

第二天下午，我又去拜访他，但是他没有开门。我想，是不是昨天我的最后一个问题得罪了他。唉，其实又有什么好问的呢。

第三天，我没有去汉顿先生那儿。当天晚上，我的奥地利的朋友打来电话，他尖着嗓子语无伦次地大叫，我只听清了一句："汉顿先生死了！"

"这不可能！"我觉得他疯了，真是个疯子！

"天啊，上帝啊，这是真的！你什么都不知道吗？"

"我不知道！什么时候？！"

"中午！中午发现的，听我说……"

我不等他说话，挂断了电话，冲下了楼梯。一楼果然被封锁了，还有几个警察。

我想进去，他们拦住了我。我看见那个灰头发的服务生站在面包柜台的后面，我冲过去，问他怎么了，他似乎还没有从震惊中清醒过来，他说，他上午用钥匙打开汉顿先生的房间，发现他在睡觉，中午送午餐的时候，他还躺在床上，下午送茶点的时候，他还躺在床上。

他的声音颤抖起来："我给他送了五年的餐点，他从来没有这样过。"

他看着我，我们都回忆起那天下午，他送茶点，汉顿先生坐在旁边，严肃地打量着他的表情。他用手捂住脸："我想叫醒他，结果，他死了！"

我不知如何安慰他。我伸出手。我的手不够长，越过柜台，也够不到他的肩膀。我把手收回来："嗨，我很难过，但是，想一想山。"

他的手从脸上松下来，脸颊满是泪水："是啊，他是当地唯一爬上那座山峰的人。"

他的眼泪成串往下掉："他是我的偶像，我的英雄！"

我不知该说什么，或许此时，他一个人待着比较好。也许从少年时代起，他就很喜欢汉顿先生了。我默默地穿过一楼，警察还在，却没有一个家属，连那个美少年也不在。当地的报纸和电台都报道了汉顿先生的死，而且不约而同地，他们都用了汉顿先生书中的照片，作为新闻配图介绍：那是一个四十岁出头的男人，倔强得像岩石一样的脸。脸上的肌肉又紧又硬，似乎什么都打不倒他！

而我见到的，只是一个垂暮中的老人。

我逐字逐句地查看报上的文章：汉顿先生青年时代是个著名的登山

家，发现了很多登山路线，征服了许多大山。但不知为什么，他一直过着离群索居的生活，直到六十七岁才结婚。报上也登了他前妻的照片：一个非常漂亮非常年轻的女孩，完全不像一个成熟的女人，带着纯真与爱：圆润的脸、清澈的眼睛——完全是一个孩子。

为了逃避奥地利朋友的追问与采访，我提前离开了旅馆。两本登山手册，我挑了一本带走，剩下的一本请灰头发的服务生转交给我的朋友。他答应转交，并且紧紧地拥抱我，以示对离别、对一段共有回忆的纪念。不知为什么，奥地利的朋友没有对我的不辞而别生气，还给我寄来了他写的关于汉顿先生的书。

书里有许多汉顿先生的照片。有一张特别年轻，可能只有二十岁。那时候他的脸一点也不坚硬，而且是柔和的，充满了甜美的信心与希望。比那位美少年更加英俊，更加朝气蓬勃。这和我认识的汉顿先生，似乎有点差距。至于我向汉顿提出的最后一个问题，书中没有答案。我想以后也不会有答案了。

两千五百公里以外

两千五百公里有多远？

我找出地图，用手指在上面比画，通过比例尺，我大概知道，那个男人，离我有两千公里远——他在两千五百公里以外的地方。

两千五百公里，代表了什么？远？因为远才思念？还是因为思念，所以两千五百公里才显得那么遥远？

天气已经凉爽了。有那么几天我一直想，去看他，离他近一点，再近一点。两千五百公里实在太远了！当然，我没有告诉他，也不知如何告诉他。我们联系的方式只有两种，打电话和上网，也从不约定具体时间，全凭着突然地想起或者巧遇。有时几天没联系，有时又一天打几个电话。我们是情人吗？当然不是，我们是恋人吗？尽管这样的联系已经让我们熟悉得不能再熟悉，可是谁也没有说出那三个字。关于未来，我们保持了一种默契。我想去，只是想离他近一些，离他近一些并不代表我必须看见他、听见他、感受他。

这从一开始就是两件事。

我把行李准备好了,放在房间一角,然后等着,等感觉突然来了,就拿起背包,直奔机场。背包不大,装着一条牛仔裤、几件上衣,都是很舒服的那种。我还特地买了一件睡衣,白色,很长,质地柔软。睡衣是重要的物品,虽然它不能在大街上穿着,却让生活多了一个细节;虽然这个细节只能满足自己,但还有什么比自己更重要?我想着新睡衣,心情愉快,这似乎也成为某种动力。某天,我走在街上,他突然打来电话,说准备出门喝茶,我们一边聊天,一边走在各自的城市。说着说着,我看见了一个售票点,就走进去,示意售票小姐买一张票,他问我干什么,我说买机票,他说你要出差吗?我说是的,他哈哈地笑起来,问去哪儿?我说不一定,先看看票价。

我的包里还有一本书。带上它和阅读它是两件事。带了不一定要读,读也不一定在旅途。这本书写得很好,作者是个英国人,写得既简洁又有个人想法。就这样我出了门,熬过了起飞时的不适,正准备闭目养神时,旁边的一个女人向我搭话了。

她不漂亮,脸上布满雀斑,鼻头、嘴、下巴都是尖尖的。我们顺利地聊了起来,这方面女人都有天赋。也许我是个陌生人,而且只能是个陌生人,她显得很亢奋,说个不停。她是个女军人,不停地声讨部队的黑暗面。她说有个领导,和一个女兵关系不正常,女兵快三十了,这位领导既不离婚娶她,也不同意她和别的男人恋爱。有一次女兵喝醉了,领导安排她去服侍,她给女兵脱衣服擦身子,还要打扫呕吐物。说到这个时候,她已经非常愤慨了,并反复用一句话表达:算个什么玩意儿!什么玩意儿!说实话,我已经后悔出门了,还不如待在家里,泡一杯上好的绿茶,安安静静地给两千五百公里以外的男人打一个问候电话,但是,已经没有选择了,我已经上路了。

下了飞机,我们各自取了行李,连再见也没说就分道扬镳。可见说话的多少和是不是朋友并没有什么联系。我觉得很滑稽,不由想起我和那个男人,现在,我不能说他离我两千五百公里远了,我就在他的城市,他的家乡。我们打过很多电话,上过很多网,可似乎也不像朋友。我走出机场,一座连绵不绝的大山映入眼帘。

他说过,这里到处是山,除了山还是山,当然,还有月湖。

我坐在机场大巴上,往市区走。这样的城市果然难得一见,它不在山里,因为山离城还有一段距离,但又被山层层包围着,随处一抬头,便可看见远处的大山。这哪里还像城市呢?尽管到处是街道、汽车、楼房。

这样的地方,一个这样的男人,我的心情开始好起来,新鲜感消除了旅途的枯燥与乏味。

他说,这里最美丽的地方是月湖。如果你来,一定要住月湖宾馆。

下了巴士,我直接坐上一辆出租。司机圆头圆脑的,看上去很聪明。我说去月湖宾馆,他立即来了精神,一边开车,一边操着半生不熟的普通话说，那是当地最好的宾馆。

"月湖宾馆下面就是月湖，月湖四面都是山。"他从倒车镜里观察我，"小姐一个人来的？"

"是。"

"就一个人？"

我想了想："不，会朋友。"

"哦，"他有些失望，不停地问，"你朋友怎么不来接你？"

"你们在月湖宾馆见吗？

"你是哪儿人？

"你从哪里来的？"

我看着倒车镜里他的眼睛，慢慢把目光转到了车外。

我没有回答。他也没有再问。

车沉闷地朝前开着。和所有的城市差不多，这里有些地方种了树，有些地方光秃秃的。沿街到处是茶馆，都是开放式的，一眼就能看见里面。我看了看表，下午三点半，茶馆里坐满了人。这个时候？我想，这儿的人过得很悠闲。

渐渐地，人烟少了，车上了一条柏油马路，很明显，在朝山里开了。

我拿出手机，摁了当地的区号和110。

司机没有再废话，只是专心地开车，大约过了二十分钟，一座黑瓦白墙的小楼出现在半山腰。如果说它是当地最好的宾馆，它就太朴素了，比市里的很多建筑都要朴素。

出租车停在了楼前。一个穿迎宾服的小伙子走过来,替我打开车门。

我付了车费,司机似乎欲言又止,我觉得自己有点怀疑过了,就笑了笑,说谢谢。他立即掏出一张名片,说如果想到处转转,就打电话给他,他的车便宜,即使朋友陪同,有一辆车也是方便的。我这才明白他为什么总是追问,便笑着说,如果用车就一定找他。他长舒一口气,讨好地挥了挥手,开车走了。

迎宾员要替我拿包,我说不用了,不重。我问他月湖在哪儿,他指着旁边的一条小路,说下了这个坡就是。我问在房间能看见吗?他说能。订房间的时候,服务员说面对湖的房间比普通间贵五十块,我说没关系,就要面对湖的。

房间号挺好,919,不是911。我打开门,放下包,直接走到窗前:好大的一个湖!比我想象的大得多。它顺着山的走势朝前,一直朝前,永远也望不见边。

我突然有了某种热情,我要找他,立即找他!陪我上山,或者,去看月湖。

我拿出手机,他的声音听上去很愉快:"喂。"

"喂,你好啊?"

"你好,"他似乎感觉到我的情绪"在干什么?"

"在看景,多漂亮的山,多漂亮的湖。"

"山？湖？你在哪儿？"

"在一个地方。"

"什么地方？"

"湖边，叫什么的，唉，名字忘了。"

他深吸了一口气："你在……？"

我突然感觉到一种东西，它不是我期望的，心被这么一挡，语气就变了，我顿了一下，懒懒地说："它过去了。"

"什么？"

"刚在放一个电视节目，好漂亮的湖，现在，它过去了。"

"是吗？"他疑疑惑惑，"我还以为你在这儿呢。"

"在哪儿？"

"没什么，"他笑了笑，"漂亮的湖，除了月湖，还有什么湖比它更漂亮。"

"那不一定，刚才那个湖就比月湖美。"

他哈哈地笑起来，问我晚上吃什么，我说你们那儿有什么好吃的，他说面，一种山城特有的面，我说面嘛，全中国都差不多，他说怎么可能呢，我们这儿的面是全中国最好吃的面。我说有专门的面馆吗？他说有，我说叫什么，他说叫山城面馆。他想了想，不放心地问，你不会真在这儿吧？问得这么仔细。

我说别妄想了，如果真在那儿，我一定要好好敲你的，吃面条？亏你想得出来。

我们又随便聊了几句,就挂了电话。

山城面馆?我看了看窗外,决定先到湖边转转,然后去山城面馆吃面。

我补了妆,一天下来还真有点累,但口红和胭脂迅速弥补了,镜子里还是一个容光焕发的女人。我背着随身的小包,走出宾馆。迎宾员朝我点点头,我朝他笑笑,顺着小路走下去。

站在月湖边,才能感觉到它的辽阔。这是一个怎样的湖,不仅辽阔,而且平静,平静地连阳光洒在上面,也不会闪烁。我的心瞬间平静下来,尽管这平静包含着丰富多彩,但平静就是平静,什么也扰乱不了。

湖边没有什么人,只有几对情侣。我坐在一块光滑的石头上。四面的山比房间里看到的更高,山上的色彩也更丰富。

这样坐着,我感觉微微的凉意,天擦黑了,情侣们都不见了。我走回宾馆,正好有辆的士停在门前,我上了车,说去山城面馆。

等到了山城面馆,我才知道他为什么要说山城面馆了。这哪里是面馆,分明是一座豪华酒楼。

我走进去,大厅里人满为患,一位穿旗袍的小姐问我几个人,我说一个,她似乎有点为难,领着我转了一圈,又找来领班商量,才把我带到一个角落,那儿摆着一张不大不小的桌子,三四个人刚刚好,现在只能给我一个人享用了。

我坐下来,她把菜单递给我,菜价不便宜,有些挺贵的。我说你们这儿的面最有名吗?她说是的,面在后面。我翻到后面,点了一碗。她说面都是小碗的,我说有多小,她说就是小碗嘛。我说你们这儿有什么特色菜?她介绍了两道,我说就点这两道。她在单子上写好菜名,操着方言喊一个小伙子给我上茶,小伙子走过来,把一个大盖碗放在我面前,朝里面冲水。茶的味道闻起来有点怪,我问他什么茶,他说是迎宾茶,我问他用什么做的,他还没来得及回答,就被叫走了。迎宾茶?有趣,我尝了一口,味道比闻起来清爽,很好喝。

周围坐满了人,操着方言说笑,仔细听并不难懂,和他说普通话时的一些腔调很像。我想着他的声音,和这里人的声音做着比较,比着比着,我不觉笑了起来。这是一种幸福呢,还是一种无奈?

山城面馆虽然大,客人也多,菜却上得快,味道就更不用说了。我真饿了,而且想喝点什么,我把小姐叫过来,问她有什么特色酒,她说了两个,都是白酒,我说啤酒有吗,她说有,百威。

百威就百威吧,我说,拿小瓶的,她问我拿几瓶,我有些诧异,看了看她,说我只有半瓶的酒量,她扑哧一声笑了起来,说好的好的,给您拿一瓶。

酒来了,还有菜,还有异乡的饭馆和那么多的异乡人。这样说并不准确,因为对于这个地方和这些人,异乡人只有一个,那就是我。

我吃着,喝着,渐渐地,我发现周围的人都在注意我,我也注意了一下他们，这里基本上没有什么单身客，更不用说一个单身女人。

斜对面一桌的几个男人不停地看我，朝我笑，我把头低下来，只管吃喝。他们暧昧不清的笑打扰了我，我忍住内心的不愉快，加快了速度。

他们的声音越来越大，也许是喝多了酒，话题明显冲着我来了。

周围的几桌人开始注意我们，负责上菜的小姐也在不远处观望。他们在打赌，赌谁敢上来和我搭讪，并且请我和他们同桌。我有些恼怒，也有一点得意，我恼怒他们不尊重我，但如果我是一个丑八怪，他们就不会如此了。

有一个男人站了起来。我低下头，继续吃面，里面放了许多植物，我都不认识，也许是山里的特产。

他摇摇晃晃地走过来，在我身边停下，并且坐了下来："喂——"

我闻见浓烈的酒气，不觉笑了一下，想了想，又笑了一下。这样的笑也许让周围的人们都误解了吧。我抬起头，看着他，他也看着我。我们就这样互相看着。

他的五官还算英俊，皮肤有点儿黑，此时喝了酒，黑里透出红来，不像一个三十二岁的男人。我有点庆幸，我还没有爱上他，这样的男人，注定不会属于一个女人，但我又有点庆幸，我还是有点爱他，因为这样的男人注定是可爱的。我朝他笑笑，又笑笑，他更沉默了，只是注视着我。

周围一片安静。我们虽然什么也没有说，什么也没有做，但很明显，我们的关系在发生着微妙的变化。大家都在等着。

那张桌的男人们默默地喝着酒，其中一个人有些急了，吹了声口哨，哨声惊醒了他："小姐，"他犹豫不决地，"你，一个人？"

借着酒劲，我差一点吻了他，可是我害怕吻了之后就走不了了。我推开椅子，站起来，拿起包走到服务小姐面前，说埋单。服务小姐咬着嘴唇，跟着我走出了角落，一直走到总台，她才想起忘了拿账单。我回头看了看那个角落，隔着一百多张饭桌，它遥远而模糊。它比两千五百公里还要遥远。

是声音吗？是声音出卖了他？也许不是，因为他曾经向我描述过长相，或者和长相也没有关系，当我抬起头，那样看着他的时候，我就会把他认出来。

这是人和人之间的感觉，我确定，他也认出了我。

我不知道他为什么没有拦住我，就像我不知道，我为什么不能留下来。我顺着城市的街道朝前走，有的士按喇叭，我便上了车。

"去哪儿？"

"月湖宾馆。"

"月湖宾馆好啊，"司机说，"那是我们这儿最好的地方。"

是的，月湖果然是全天下最漂亮的湖，他没有对我撒谎。

他乡遇故知

我顺着人流，走到地铁出站口。一个侏儒正举着一只铁皮盒子，笑眯眯地向人乞讨。人流不算太密，我看着前面几十个形形色色的背影，他夹在那些背影里，惊讶地看着我。

我们一起走了出去。外面天气不错，阳光里的人们都在看：一个年轻姑娘和一个年轻的男侏儒。侏儒长得浓眉大眼，只是牙齿有些龅，顶着厚厚的嘴唇。他穿着剪过的牛仔裤，腿还没有上身长，头特别大。在诧异的目光里他显得很不自然，我也一样——他们无非在猜测我们的关系：朋友？情侣？是否上过床？如何上床？……这样想着，我心中的恶就被激了起来，我有意朝他靠过去，他往旁边一让，我又靠过去，他抬起头，似乎是感激地看了我一眼，便不再动了。他的高度正好齐我的腰，看上去真的很亲密。

去哪儿呢？我茫然地看了看四周，马路对面有个饺子馆，我想也近中午了,不如一起吃饭吧。我问他,他有点不知所措地点点头。我们走进了饺子馆,我说我请客,他说不,应该他请,这样的推让本来很正常,但是饺子馆里所有人的目光……我恶狠狠地环视了四周之后,他就什么也不说了,尽量快地朝边角处的一个座位走去。他本来就矮,还拼命地低着头。我看着,心里一紧,几乎是压抑着愤怒,我点好菜单,走到座位上,在他的对面坐下。

我们在等饺子。他用手扒拉着铁皮盒,盒子摆在腿上,为了看它,他的头埋得更低了。我两臂平放,一手握着纸巾,一手按住筷子,看着他发丝散乱的头顶。我不知道跟他说什么,但是在地铁站相遇的时候却真是有点激动,他乡遇故知?他根本算不上吧,最多是个"南京熟人"。

第一次见他大概是五年前,我去金陵饭店买皮衣,那是外公送的新年礼物,条件是不得穿到学校去。我看中了一款羔羊皮的,只有那儿有卖。我提着新衣服,很厚很重,出了金陵饭店的大门,没走多远,便看见一个乞讨的侏儒。他老远地就看到了我,还向我鞠躬。我从口袋里掏出一元硬币,放进他高高举起的铁皮盒子里,咚的一声响,他什么也没有说,只是开心地朝我笑。

我就回笑了一下。

后来在那附近常常能碰到他,他穿得挺整洁,铁皮盒子也是干干净净的,擦得雪亮。

不久,我谈了个男朋友,一次挽着他的胳膊过人行天桥,恰好碰到侏儒。他举着盒子，看见了我们，先是一愣，继而又笑了起来。我问男朋友有零钱吗，他说怎么了，我说是个熟人乞丐。男朋友笑了，掏出两个硬币放进铁皮盒子里。

再后来是一个人遇到他，把皮夹和口袋都翻遍了，居然没有一个零钱。他站在旁边，仰着头，等着我。最后我笑了，说："对不起，我没有零钱了。"

他也笑了，说："没事儿，下次吧。"

我点点头，继续往前走，心里觉得挺温暖的，不禁回头看了看。他举着盒子，朝我晃了晃。从那儿以后，他就在那一带消失了。

没想到会在北京相遇。

在出站口，我高兴地说："怎么是你？真巧啊！"

他也笑着："是我！是你！你好啊！"

多么熟悉，又多么亲近的感受。可是从地铁站出来到现在，不过十分钟的时间，就把那感觉耗没了，人近距离地坐着，感觉上反而疏远了，仿佛刚才的热情都是多余的，甚至可笑。他抬起头，见我正在看他，又把头低了下去。好不容易，我挤出一句话，居然还是："真巧。"

他垂着眼睑点了点头。

服务员把饺子端了上来。她长得一点也不好看，冷冰冰的，问："二两香菇肉、二两白菜肉、二两羊肉、二两青菜？"

我点了点头。因为讨厌她的表情，我说："要醋、酱油。"

她斜了我一眼："桌上有！"

"味精！糖！"我接着说。

她不得不正视我了，我不等她开口就逼问："有？还是没有？"

她愣了一下，哼出一句："有。"

"一样一份，两个人的。"我沉着脸说。

她看了看我，又看了看侏儒。我的手掌贴着桌面，只要她稍微出言不逊我就拍案而起，把她狠狠地训斥一通，然后拉着侏儒离开这家饭店。

她大概觉得我的态度有些不妙，说了句好的，就走了。

饺子在我们面前冒着热气，手工包的，皮很薄，颜色不同的饺子馅在里面隐约可见。

"你吃吧。"我说。他拿起筷子吃了起来。

饺子有点烫，他也尽量吃得斯文。

"你怎么到了北京？"我问他。

"北京地面大嘛，"他麻利地说，又顿了一下，"嗯，为了生活。"

吃了一会儿，那个服务员又来了，把糖、味精什么的全部放到了桌上。她的表情一点儿也没长进，还是冷的，像我欠了她的债。但我已经没有心情跟她计较了，只是吃着饺子。

侏儒看了看我，停了一会儿，说："你不要吗？"

"什么？"

"这些。"

"我不要了。"

他又吃起来,过了一会儿,又问:"你,来出差?"

"嗯。"

"什么时候回去?"

"快了。"

我见他欲言又止,便问:"你呢?"

"我就在这儿混了。"他说,牙齿朝外龇着,"北京挺好的。"

我没来由地一阵厌恶,说不清楚,觉得挺冷漠的,不是针对他,而是针对遇见、打招呼、走路、吃饭这一系列的举动,和这些举动里包含的感觉。我想快点结束,不想再多啰唆。

他似乎也觉察到什么,低下头吃起饭来。

我已经吃饱了,耐着性子等他。他突然抬起头:"这饺子可真好吃。"

我看着他点了点头。我自己都能品出我眼睛里的冰冷来。

他笑了,很高兴的模样:"我想再多吃一会儿,你有事,就先走吧。"

我立即明白他感觉到了我的想法,我有些不忍,但不忍又能怎么样呢?不过如此吧!莫说萍水相逢,就是旧雨故知又能如何呢?我点点头站起来,走出了饺子馆。太阳又晃起来,我上了一辆出租车,去北海,我对司机说。

北海也不过如此吧。在北京也快一个星期了,我仍然没有想好去不去找他,却一个人玩了不少地方。他在信上说的,北海很好,我就去北海;

潘家园挺热闹，我就在潘家园逛了一天。他说我很喜欢你，我不明白。我想着两个人见面、寒暄、吃饭，是多么无聊。而独自一人，却是自由的，无须分担他人的好恶，就像这北海，我愿意看，就多看，不愿意看，就走。

手机响了，是他的。我挺高兴，和他说了会儿话，他问我到北京了没有，我想了想，说，还没呢，还在南京。

他说，快来吧，秋天的北京好啊，带你出去走走。

我说，好的，好的。

我在北海里懒懒地踱着，白塔在小山上，我想了想，上了一半，又下去了。

后来绕过一排平房，有一间是茶馆，我就进去，要了一壶茶，靠窗子坐下。窗子外面有一排柳树，柳树旁边是湖水。

几个中年妇女围坐在茶馆中间的一张桌子旁，穿得五颜六色的，挺花哨，年纪和我母亲相仿。我啜着茶，茉莉香片的，味道很一般。她们的声音京味很浓，很响，讨论也很激烈。大致是有一个人的儿子，谈了几个女朋友，只有一个是她中意的，儿子却把人甩了。现在的这一个，十分惹她讨厌，儿子却很喜欢，而且领回了家。那是个从新疆来的汉族女孩。

其他几个女人的意思是，这个女孩图你儿子给她地方住呢，闯北京城，容易吗？

还有户口！

有一只鸟停在了柳树下，啄地下的东西吃。

我想告诉他，北海最好玩的景致就是这棵柳树了，还有那只鸟。

干吗不去找他呢？我也有些奇怪，但似乎有什么东西横在前面，我慢慢地梳理着自己的想法，试图有一个合理的解释。

后来有些乏了，就不去想了。

如果可以像今天上午这样，碰见了，无意中的，没准还不错。

那也难说的，没准更无聊。就像那个乞丐侏儒，在南京，每次逛街我都会想，这个人还活着吗？能不能过得下去？就像一个老朋友，牵挂在心，可是真见了，又怎么样呢？所以，不如不见啊。

听她们聊着，我也累了，就离开了茶馆。

在宾馆里翻着电话簿，也有一些朋友，其实对我也很好，但是一想到见面，我就索然无味了。只有他的电话，在电话簿里微微跳动着，让我下不了决心。

晚上闲来无事，想起他说过有家迪厅不错，就信步去找，走了很久，果然看见一个亮闪闪的招牌。我买了张女士票，进去了。

人很多，特别吵，男男女女的，挤在一起跳。

节奏不错，是我喜欢的点数，便也有点想跳。我就站在一个不起眼的角落里，慢慢地晃着身体。

过了一会儿，领舞的小姐下去了，上来一个侏儒，穿着闪亮的外套，剪短的牛仔裤。他又蹦又跳，底下的人尖叫起来，还有刺耳的哨声。

我先是愣了，然后慢慢地笑起来，原来他还兼着一份工作。

他跳得很卖力，看不清脸，只是觉得他似乎挺得意的。

我就退出了舞池，买了一瓶可乐，慢慢地喝，根本没有地方坐，只好随便站着。

直觉有人在盯着我，我把目光从领舞台上收回来，努力地在四周辨识了一圈，我看见他，和几个青年男女在一起，坐在一张桌旁，正在看着我。

我就想，妈的，怎么这么巧，后来想下午还告诉他我在南京的，不由想笑，脸却红了。好在里面很暗，根本看不清脸，我朝他笑了，点了点头。他似乎也朝我笑了，点了点头。我以为他会走过来的，但是他坐着没动，我有点不高兴，也就站着，也没动。这时有人从我面前走过，就把视线挡了一下，我再看，他和身边的一个女孩在说话了。

我懒懒的，走到另一边去了。

音乐还是那样，我轻轻摇晃着，心里有一丝的难受，逐渐绞了上来。

这时侏儒已经从台上下来了，他走进了舞池，舞池里的人尖叫起来，围着他跳。

他跳了一会儿，从外套里掏出那个铁皮盒子，举起来，笑眯眯地对着身边的人，有人开始掏钱，还有人把钱砸进舞池里。

我觉得很糟糕，便想回去，路过他和他的朋友，便格外地镇静，慢慢地，悠闲地走了出去，没有回头。

我没走多远，有人叫我的名字。他在后面，我心里加倍地难受起来，不知道为什么，我继续朝前走，而且越走越快，那个声音就停住了。

我的手机响，我看了看，是他的号码，我想不出跟他说什么，便索性不接了。

过了一会儿，有短信息，是他发的，他问我，在哪儿？

我就回了：在北京。

他继续问：刚才是你吗？

我继续答：是我。

他又发：为什么躲起来了？

我回：不为什么。

他没再发，到了很晚很晚的时候，大约晚上十二点多了，我又收到他的信息：什么时候再来？

我想了想，回：春天吧。

春天，是刮大风的季节，在北京。

麦当劳里的中国女孩

叶倾城这个名字和他本人一点儿也不像。叶倾城听上去不仅文弱,而且有点江南书生的酸气。可实际上,叶倾城却生在北京,长在北京,是个地道的北方男孩。

他简单地收拾了行李,把黑皮箱塞进银灰色的尼桑后座。此时是美国中部的清晨,天气不冷也不热。叶倾城发动了汽车,驶上马路,朝西南方向开去。

很多人并不知道自己为什么要来美国。这是叶倾城的判断。就像国内的农民拥入城市打工一样盲目和茫然。他遇见很多学文科的人转来读计算机,也有一些是学经济的,最后都变成了计算机的奴隶。而他,从国内大学读计算机开始到现在,已经学习了整整七年。他要从这个行业里跳出去。虽然他很喜欢,不仅仅是计算机,还有数学物理等所有可以关在象牙塔里的东西。但是他想跳出去。他的心里有一股热情,向往着社会,向往着热闹复杂和刺激。

跳出去的第一步,是挣钱。学计算机的好处就是脚踏实地。没有人会幻想从 A 直接到 C,A 的后面必然是 B,B 的后面一定是 C。

沿着这个方向一直开下去,就会到加州。加州阳光,加州男孩。叶倾城哈哈地笑了两声。如果他在加州找到了工作,他算不算一个加州男孩?

路两边是平整的玉米地。大片的玉米还没有成熟,在广阔的平原上生长着。很快,玉米地便不见了,只剩下大片的草地。草非常绿,几乎没有杂色,而且非常多。如果不是路牌不停地提醒叶倾城,前方是哪儿、哪儿,如果不是渐渐晚了的天色,叶倾城怀疑,自己的车轮是凌空旋转的,不管开出去多远,他眼睛看到的东西,仍然和中午时分一模一样。

大货车慢吞吞地在路上行驶着。天黑以后,它们打开了尾灯。叶倾城每超过一辆大货,就会超过一片光明。还有很多很小的城镇,闪着灯光,一下子就开过去了。

当晚,叶倾城宿在一个小镇的汽车旅馆。第二天一早就出发了。

草地不见了,取代它的是光秃秃的土地和石头。叶倾城没有去过新疆,不知道戈壁滩是什么样的,但是,他感觉这些地方和戈壁滩差不多。

景色荒凉。汽车们沉默地行驶,叶倾城更加沉默。

他从来不害怕沉默,也不害怕孤独。

渐渐地,能看见一点绿色了。是灌木类的植物,长在路边或者更远的地方。路渐渐进入一片峡谷。他看见宽阔的溪流,还有山上奇怪的树木。

有点像松树，可能是差不多的科目吧。如果没有记错，翻过山之后，便是盐湖城了。

他打算去盐湖城吃午餐。他已经饿了。

宽宽的盘山路一环一环朝山上旋转。叶倾城尽管饿，还是保持着平稳的速度。到了加州，他应该能找到不错的工作。起码，他必须给自己这个信心。来美国的计划，他已经完成了一半，只要再完成剩下的一半，他就准备回北京，或者上海，总之，是他想去的地方。

盐湖城是个民风淳朴的地方。经济不算发达，但足可满足普通人的一切需要。叶倾城下得山来，便看见一个蓝绿色的大湖。

湖边堆着白花花的盐碱。仅仅因为这些，叶倾城便有点喜欢上这个地方了。

他减速慢行，开进了城市。

在一家麦当劳的门前，他停了下来，反正没有什么好吃的，反正吃只是为了吃，为了不再饥饿。街上没有什么人，他泊好车，朝店面走去。

他推开大门，看见柜台里站着一个漂亮的中国女孩儿，那个女孩儿也看见了他。也就一瞬的时间，她判断出他的来处，并朝他嫣然一笑，用标准的普通话问："你要什么？"

"六号套餐。"他也用中文回答。

她熟练地帮他拿东西。他感到一阵心慌。

他端着东西走到靠窗的座位，打开汉堡包，塞进嘴里。他来不及观察她的头发、她的衣服、她的五官——多年以后,他竟然因此无法向人形容,他只是呆呆地坐着,像被人打了一拳,或者被雷击中了。

如果有一个理由,可以让他放弃所有的计划,那就是她的笑。如果她现在走过来,对他说:"留下来吧。"他就会留下来,永远地陪着她,只看蓝绿色的湖和湖边的白色盐碱。

他吃了一个汉堡,又吃下另外一个。他喝可乐。他看着面前的东西一样一样被他吞进肚里。他感到时光流逝,感到不能控制的悲凉。

尼桑车停在麦当劳的门外。他是否要走出去。

他看了看她,如果她能跟他一起走,他就一直把她带在身边,带往加州,带往海岸或者大洋那边的祖国。

他站起来,朝前走了两步,又退回一步。

一个念头让他停下了。

她的中文说得如此标准,肯定不是生在美国的中国人。她是留学生,可是盐湖城的麦当劳老板会雇用一个没有身份的中国留学生吗?

唯一的答案是:她已经结婚了,对方是个有身份的人。

他没有清醒,但是他有了答案。

他甚至没有痛楚。

他就这么走了出去。

他打开车门,发动了车,继续朝加州开去。

道路宽广,笔直笔直的一条。到达盐湖城,他翻过一座山,离开盐湖城，却是一条这么直这么宽的路。

他感到了方向盘的震动。

时速已经是一百二十英里，差不多两百公里吧。

他握紧方向盘，慢慢慢慢地松开了脚。这是他在美国唯一的一次高速行驶，也许，是他一生唯一的一次高速行驶。他冷静下来，路边的景色果然和之前不一样了。

其中有一段景色，叶倾城后来常常提到，因为那条路的两边，一边是绿油油的麦田，一边是没有人烟的荒地。麦田是加州境内的。叶倾城只是觉得，走在这种路上的感觉，比走在草地平原的感觉更加奇怪。

一个警察拦住他："带水果了吗？"

"没有。"叶倾城说。

他把车开进了加州境内。到处是灯火通明，还有车流。

这一次不同于路上的小镇，他开出去很远，仍然是城市，是霓虹，是实现计划的地方。他身处和旅途完全不同的世界，心中没有什么感触或者凄凉。

他要找一家合适的旅馆。

他要对麦当劳里的女孩说："跟我一起走吧！"

叶倾城停了下来，提着黑色皮箱走进旅馆，一个墨西哥模样的女孩向他打招呼。他开始了来美国的第二个规划。而盐湖城，此时也是夜晚了。

熊　猫

一

　　每只动物来，都有前因。前因不由谁说了算。

　　熊猫是只猫，它的妈妈是只虎斑美短。她从苏州到南京，是为一对姐妹。她们俩相差三岁。姐姐出生后，由外婆养大，上小学前，父母才接她回家。至家门前，妹妹提着剪刀，挡在门口，哭闹几个小时，不让姐姐进门。

　　二人冲突不断，四邻不安，无法，父母分居，一人带一个孩子住。妹妹小学二年级暑假，去外婆家玩，姐姐也在。有朋友送了只猫给外婆，有猫后，姐妹俩虽然吵打，却肯合作，一起倒猫沙、喂猫粮、给猫洗澡。外婆说，如果她们肯一起住，就把猫送给她们。

这样，熊猫的妈妈到了南京，半年后发情，一窝只生了一只猫。

我与妹妹是同窗。两家离得近，常走动。姐妹俩商议，小猫送我最合适。我回家问妈妈，妈妈一口回绝。无法，我便去问奶奶。奶奶家与我家同在一幢楼，不同单元。奶奶住一层，还有一个院子。

我向奶奶吹，这猫一窝一只。民间有说法，猫下小猫，一龙二虎三避鼠，三只以上的，都是寻常。

那时养猫为了有用，人们不论品种与血统。熊猫是银虎斑美短后代。这种猫随欧洲移民进入美洲本土，成为美国名猫。黑白相间，夹有银色亮毛。有点像中国狸猫，却不如狸花猫花纹清晰。

熊猫来后，奶奶端详半天，大失所望："这熊猫，长得什么花样，不像老虎，也不像狮子。你个熊孩子，弄个破猫进家来！"

奶奶生在徐州，父母是流亡去的，家道赤贫。祖上哪里人氏也无从考证。她高鼻深目，眼白湛蓝，肩膀宽，个子高，年轻时比爷爷高一个半头。

爷爷家是大户，不知怎么遇见了奶奶，他便要娶。太爷爷是画家，打听得那是当地有名的美人，且个子高，就差人去聘。亲戚们见了奶奶，背后都笑。怕是为改良品种，要不然，怎能娶一个破落户家的文盲。

奶奶到南京，一直说徐州话，坚决不改。

爷爷家很快败落。奶奶进了家工厂，挣钱，做家务。不痛快时，就站在秦淮河边，一边哭一边骂。有时听她哭："俺爷啊，俺想你啊！俺娘啊！

俺想你啊！俺大哥啊，你又没有死，你就不能来看看俺！"

有时又听她哭："俺爷啊，熊孩子他不听话啊，俺爷啊，俺跟着你时多听你话，俺爷啊，你为啥要把俺嫁给这家人？"

在奶奶的家乡话里，"爷"是"爸爸"的意思，"熊"是骂人的，大概是说不怎么样吧。

太爷爷不论她如何发作，皆沉默不语。自己把自己的小屋收拾得窗明几净。小桌上书报皆整齐。衣服自己洗，干了折平，铺在枕下，压得平整后取出，放在柜中。床头挂了只鸟笼，里面养了只雀。

出了太爷爷小屋，家中一切不忍目睹。东西乱放，灰尘满天。餐桌上油腻腻的，每到周末，母亲便用整盆热水从上到下擦拭一遍。

母亲回娘家时，与外婆吐槽。外婆笑："若不是你婆婆长得美，他家这几个孩子，也不能这么高大好看。"

"娶坏一代妻，教坏三代子，除了老太爷和公公，个个都少家教。"

"你有自己的小家，管好小家就可以了。你婆婆没有文化，又远嫁来，能上班挣钱，还能糊一个家，就很好了。"

妈妈听后不语。奶奶在家只做饭，其他皆不收拾。闲了坐在椅子上逗熊猫："你个怪花样，"她晃着毛线球，啐着唾沫，"你个短腿。"

据我观察，熊猫站着时，腿不显短，可它跑起来，后腿几乎看不见。只见一个圆溜溜的屁股朝地上一坐一坐，坐一下蹿出去老远，几下就看不见了。

就这样，全家人跟着奶奶叫它熊猫。

二

那时南京的秦淮河还没有治理，就是一条臭水沟，河面上整块漂浮着各种垃圾。水草、水蛇、水老鼠，在河中痛快地生活。父亲常说，他小时候，河水如何清澈。人们在上游淘米、洗菜，在下游摸鱼、洗衣裳。

父亲的河与我的河，完全是两条河。

父亲还有一个弟弟，我喊他叔叔，说实话，他一点也不像叔叔。他是奶奶四十岁后生的，生他时，爸爸和妈妈已经认识，二人结婚前，抱着他去看电影，电影院看门的还以为是他们俩的孩子。

从我生下来，他就和我争吃的、争玩的。虽然他比我大九岁，感觉好像还小一岁。

奶奶养了熊猫，在他看来，等于奶奶给我养了一只宠物。突然有一天，他抱回一条狗，一条漆黑漆黑的狗，真正的短腿。叔叔说，它是腊肠狗，上一代杂交过，所以脸是中国的，腿是外国的。

"这下好了，"妈妈在小家怨我，"猫狗双全！"

她看不得奶奶家脏乱差，天天下班去收拾。本来三个老人，加一个比自己小二十岁的小叔子，已经收拾不过来。现在，熊猫还好点，短腿狗在家里又拉屎又撒尿，又咬拖鞋又扯沙发布，妈妈气得骂它："豆点大的东西,闯祸的本事不小!"

"大嫂子,"叔叔高兴了,"豆点这个名字好,就叫豆点。"

"什么豆点?"妈妈皱着眉,"就叫豆豆,好听好记。"

豆豆腿短,却喜欢打架,天天去找邻居家的狗撩事。它好不容易骑到别家狗的背上,狗一晃,它就摔下来。别家狗若骑在它背上,它又叫又跳,还是被压得死死的,最后哀嚎起来,非得奶奶用棍子吓开狗,才能逃回家。

熊猫不撩事,懒得搭理那些猫。若有猫打它,都要吃它的亏。若几只猫围攻它一个,它也不恋战,就地一坐,腾空一跃,出了战局。

"崔家奶奶,"邻居都笑,"这两个短腿有意思啊。"

"有个熊意思,"奶奶啐地,"都是熊东西。"

三

傍晚,奶奶开始做晚饭。做人的晚饭前,先做一猫一狗的晚饭。狗是肉拌饭,猫是鱼拌饭。狗饭装在一个大搪瓷脸盆里,猫饭装在一个小奶锅里。

楼上的邻居们到了此时,就把脸伸出阳台外,嘻嘻哈哈地等着。

等不多久,奶奶端着大盆与奶锅出来了。大盆放院子一边,奶锅放院子另一边。

霎时间，狗脸就埋进了比它脸还小一号的奶锅，呜呜地吃起来，一边吃一边被鱼刺卡得呕吐。猫脸则伸进了比它身体大好多圈的脸盆，大口地吞着肉汤饭。

奶奶站在当间，用家乡话骂："你个熊猫！你个熊狗！想坏俺的家运啊！狗不吃狗饭，猫不吃猫饭！太阳不出在白天，月亮不出在晚上，这是要乱啊！就是要乱啊！"

阳台上的大人孩子开始放声大笑，他们一边笑猫狗争宠，一边笑奶奶的发音。

"你把狗给俺送走。"奶奶命令叔叔。

"就不送！"叔叔说，"凭什么你给她养猫，不给我养狗！"

"你个熊孩子，"奶奶要打他，"你是个长辈呢，你是个当叔的！"

"谁要给她当叔叔，谁要当长辈！"叔叔绕着大饭桌奔跑，"我就不送，就不送。"

太爷爷从自己屋里出来，豆豆跟在他的后面。太爷爷用拐杖敲了敲地，叔叔与奶奶都不动了。太爷爷从来不批评奶奶与叔叔。有一次，他悄悄对我说，刑不上大夫，礼不下庶人，规矩要讲给懂规矩的人听。

熊猫不进太爷爷的房间，有时站在他门前叫几声。豆豆不管，全家哪里都去，太爷爷也随它去。

熊猫三个月时，不再与豆豆争饭，甚至懒得理它。它长得油光水滑，皮毛发亮。有一天，奶奶早起，赫然看见卧室门外横着一条死老鼠，老鼠有一尺长,头断了,与身体只连着一点皮。

"俺的亲娘哎!"奶奶叫了一声。

我去上学时,死老鼠正在河边小路上展览,围满了邻居。他们说,知道河里的水老鼠大,不知道这么大。又说,这老鼠比熊猫还大,熊猫怎么打下来的。

奶奶得意地骂着熊猫,说它把死老鼠拖进门,弄得一地血。

晚上,妈妈也正式去看了熊猫。熊猫来后,她一直不搭理它,豆豆因为犯错多,她还骂过几声。她常说,一个畜生,有什么好看的。

她坐在奶奶家客厅,端详熊猫。熊猫坐得离她一步多远,抬着头,团团脸,团团眼睛,虎虎地回视。

"好猫!"妈妈欣喜,"有虎威!"

每天清晨,邻居们来来往往,参观熊猫的猎物。水老鼠已经没有人看了,连小孩子也不再害怕。鸟雀大家还是觉得有些作孽,毕竟鸟是可爱的。有一天,地上没有猎物,有人就去问奶奶:"崔家奶奶,昨天晚上你没放熊猫出门啊?"

"没有放没有放,"奶奶没好气地说,"昨晚睡了。"

奶奶转过头,就进了院中小厨房,一边望着案板发愁,一边小声地痛骂熊猫。

四

南京人爱吃卤味，到处是卤菜店。盐水鸭是当地名菜，五香牛肉也是极好的。那时家里来客，奶奶才会上街，宰半只鸭子，或切半斤牛肉。宰和切既是动作，又是声音。鸭子与牛肉称好斤两，付了钱。卤菜店的人便将鸭子放在案板上，抡起斩刀，啪的一下，连骨带皮肉斩断。若是快手，只听得啪啪啪连声响，均均匀匀一盘鸭子便斩好了。

牛肉却需慢切。同样是大刀，缓缓入刀，缓缓落刀，无声无息，那肉薄得一片一片，像纸一般。

熊猫自从偷过牛肉后，夜里就再没有闲过，不去河里打猎，就去卤菜店偷肉。结结实实一块牛肉。

它不会把肉放在奶奶卧室前，更不会放在大门外，总是潜入小厨房，放在案板上。

一块牛肉不少钱，更何况是物质贫乏的八十年代。奶奶指着地上，翘起尾巴，讨好地望着她的熊猫："你个熊！俺一家就是穷死饿死，俺们也不吃偷来的东西！你说你这个熊！俺们不吃，你也不吃，你去偷啥？俺少你吃还是少你穿了？天天小鱼饭伺候你，你咋还要偷？你个熊猫，你这是为了啥呀？！"

开始，奶奶守着这个秘密，一家人不知道她和熊猫关在小厨房做什么。

露破绽是因为奶奶心疼牛肉,她坚决不吃,却又舍不得扔,毕竟好好的一块肉,只有放着,放臭了再扔。有一天,妈妈发现了臭牛肉,问奶奶,奶奶哭了,一边哭一边说:"俺这是丢死人了,养一只猫出去偷,俺一辈子做人清清白白,老了快死了,还当上贼了!"

妈妈捉了熊猫来,把头按在臭牛肉上,狠打了几巴掌:"你作死了,去偷牛肉!一块肉多少钱你晓得吗?再偷,再偷给你抓着了,看不打死你!不打死你也毒死你!"

奶奶泪眼蒙眬,想到了这一层,又哭起来:"熊猫啊,你别偷了,偷了打死你啊,不然要给你下了毒,你就毒死了,你可知道啊,是个人他就不好惹啊!"

家里人渐渐知道了此事,叔叔便吵着要把肉给豆豆吃。开天辟地,奶奶打了叔叔几巴掌:"你个熊孩子!我怎么生出你这么个熊孩子!"

"你打我干什么?"叔叔在家里大喊大叫,"是它偷,又不是我偷!"

"你就是打少了!"妈妈站在旁边冷冷地说,"畜生不懂,你也不懂?"

"他不是那个意思,"奶奶脸色越发难看,"他就是胡乱说的,你是大嫂,你还和他当真?"

妈妈一转身出去了。

五

叔叔没有再提过给豆豆吃牛肉的事。八十年代,流行武侠电影、武侠小说。邻居家的小伙伴约他去公园学武术,他一学就上瘾了,起早贪黑地不沾家。豆豆整天跟在太爷爷后面,除了吃饭,几乎不出屋。

妈妈带我回娘家时,把熊猫偷肉的事讲给外婆听。外婆听后叹了口气,对妈妈说:"你还记得三年自然灾害时,我养的那只猫?"

妈妈沉默了,点了点头。

"外婆,"我问,"猫怎么了?"

"那会儿,家里没有东西吃,人都快饿死了,哪有东西喂猫。它就不吃家里的饭,出去找食。家里做点饭,它还守着厨房,不给外面来的猫偷。有时你外公一起床,床前就啪啪有一条小鱼在跳。"

"是它抓的?猫真会抓鱼?"

"会,"外婆说,"那猫,可仁义了。"

"后来呢?"

"死了。"

"怎么死的?"

"不知道,"外婆说,"人都不知道怎么死的,何况一只猫。"

"那熊猫偷牛肉也是仁义了?"

"仁义,"外婆说,"它知道护主呢。"

从外婆家回来后,每发现熊猫偷牛肉,妈妈就狠狠打它,打得它听见妈妈回家时自行车铃声,就噌地跳起来,几步蹿到院内,上了房,远遁而去。

事情还是败露了。有一天,卤菜店店主找了来。那是个中年男人,面皮蜡黄。

奶奶自不肯认,态度凶狠,说那人诬陷熊猫。那人也没有证据,但他说,他夜里守贼,却发现是只花猫,满街打听,街上人说,那花色、那本事,必定是我家熊猫。

奶奶便骂起了街:"是个人都没有良心啊,俺家熊猫吃你了喝你了,得罪你了?你咋瞎说啊,它还天天逮老鼠呢,它还为人民服务呢!"

那人脸渐渐红了,临走时说:"管好你家的猫,要是被我毒死了,可别怪我!"

六

奶奶爱看戏,家里一台黑白电视机,只要放戏,她就守在跟前。她爱跟我说戏里的事,大体都对。谁跟谁好,谁反对谁跟谁好。若是复杂的戏,她就不明白了。因为,她听不懂唱词,也不识字,看不懂屏幕下的戏文。她根据人物的动作、唱腔,猜测人物的命运与当下的心情。她反反复复地看,有时夜里,她关了灯,坐在闪光的小屏幕前,看着看着,她就睡着了,嘴巴张开,打着呼噜。

我有时间,就给她说戏。谁不是谁的娘,是他的丈母娘。谁也不是大老爷,是个宰相。两个人的打架不是闹矛盾,是两国交兵。她听听就恼了,"熊孩子净胡说,你都看的啥,啥也没有看明白!"

爷爷特别爱吃醋。奶奶都老了,他还是见不得门口的爷爷们和奶奶说话,但他绝不敢因为这种事骂奶奶、打奶奶,他唯一的绝招是虐待自己——绝食。

"你爷又不吃饭了!"奶奶只好来敲我们家的门,抹着泪对爸妈说,"俺这是受的什么罪!"

有时,奶奶也气,跟着不吃饭,把饭菜都倒了,只给太爷爷留一碗。太爷爷独自吃罢饭,悄悄进了屋,逗他的雀。奶奶饿着肚子看戏。爷爷睡在床上,咬着牙。

有一天我回家,电视机关着。满屋子人,太爷爷坐在客厅里,豆豆缩在他的脚边,熊猫不知踪迹。奶奶连哭带喊,躺在地上。妈妈把我叫到一边:"你赶紧去你姑妈家,叫她来。"

"爷爷奶奶吵架了?"我转头去找,没看见爷爷。

"你叔叔被抓了。"

"什么?"

"被抓了。"

"为什么?"

"不为什么,现在严打呢,"妈妈心烦意乱,"小孩又不懂,问什么,赶紧去叫人,记住,叫她来劝奶奶,千万稳住神。"

我一路朝姑妈家小跑,到了一说,姑妈先哭了,一边哭一边跟着往回走,嘴里碎碎地念:"这可怎么办呀,这可怎么办呀。"

"姑妈,叫你去劝奶奶呢,"我着急地说,"你怎么先哭开了?"

"你这个小孩,"姑妈满脸是泪,伸手狠狠戳了一下我的头,"你怎么没有心呀,你叔叔被抓了,现在是什么时候,到处严打呢。"

我那时真的不明白这个词什么意思,只觉得妈妈叫姑妈来是失策。果然,姑妈进门不仅没有劝奶奶,而是倒在奶奶旁边,娘俩儿一块放声痛哭。

一家人劝不住。和叔叔一起被抓的,还有邻居家几个大小伙子。满楼都乱了。

"别哭了!"妈妈拧了两条毛巾,走过去,"他还没死呢!你们一个当妈的,一个当姐姐的,先在这儿哭开丧了?!啊?!"

她喝得好大声,连太爷爷都吓了一跳。姑妈听出了不祥之音,止住哭。奶奶也不敢大放悲声,接过毛巾,捂住脸,不停地颤抖。

七

叔叔和楼里的小伙子们在公园学武术，其中一个和另一群学武术的人发生了口角，双方约打群架。那天下午，在公园里刚摆开阵势，还没有打，公安就来了。十几个青年，全判了流氓罪。叔叔不是主犯，判五年。主犯家和我们家是十来年的老邻居，判了七年。他的父亲急火攻心，一个多月就走了。

叔叔在江北服刑。爷爷想着为他多挣点钱，备他出狱后生活。一个有罪的人，恐怕再也找不到工作了。爷爷是药厂制药师，掌握着不少西药配方。湖北有个半私营半国有企业来请他，包吃包住，还有高薪。

爷爷走后，奶奶家只剩她和太爷爷，我和爸妈仍在那儿吃饭，没有人和奶奶吵架，也没有熊孩子惹奶奶生气。爸妈也不需要调解父母矛盾，替父母管教弟弟。一家人，少了很多话。老太爷安安静静的，依旧吃罢饭，回他的屋。幸好还有豆豆和熊猫。但猫狗再好，始终是动物。爸妈商议，让我晚上去陪奶奶住。

我很高兴可以放开来和熊猫玩了。爸妈在时，不让我抱它，说熊猫什么地方都去，太脏了。

晚上，我在家洗漱完，来到奶奶家。奶奶通常在看电视。我先和豆豆闹一会儿，就去抓熊猫。熊猫和我好，一起钻进被子里。我抱着它，它呼噜噜地发着响声,表示喜欢。

在电视机与熊猫的呼噜声里,我睡着了。熊猫什么时候走的,我并不知道。它又开始往奶奶卧室前放老鼠、鸟雀。奶奶却不再把动物尸体放在门前小路陈列,都是趁清早无人时,用火钳夹了扔进垃圾站。

有一天夜里,我被吵醒了,迷糊中听见了奶奶的哭声。

"俺爷啊,俺娘啊,俺怎么办啊?俺的孩儿啊,被关在江北啊!俺的孩儿啊,过的不是人过的日子啊!俺的孩儿啊,你爷为了你,去了湖北啊!俺一家人,就这样散了啊!"

我一动不动,熊猫还在我怀里,豆豆在客厅里小声呜咽,熊猫圆睁眼睛望着正前方。

第二天,爸妈来吃早饭,我说:"奶奶昨天夜里哭了。"

爸妈互相看了看。爸爸问:"哭什么了?"

"叔叔,"我说,"还有爷爷。"

爸爸叹了口气,对我说:"你叔叔来信了,说想你,这次去看他,你也一起去吧。"

"好啊!"我又惊又喜,"我也想他呢。"

他们整理了好大一个包裹。有奶奶做的红烧肉、宰的盐水鸭,还有罐头、水果。有太爷爷用毛笔写的家书。蝇头小楷,痛陈君子如不能自强不息,等同自我放弃。还有外公托舅舅送来的毛笔、字帖与外公钟爱的《书法六要》。另有妈妈与姑姑备的衣服鞋袜。行李包装了又装,差点把拉链撑炸了。

星期天一大早，母亲帮父亲把行李包背在背上，一边背一边悄声说："他这一下成了功臣了，全家总动员。"

"哎，"父亲小声说，"你在我面前说说就罢了，出去别说。"

"我还能和谁说，就和你说说。"妈妈转头看看我，"过来。"

她取下我独辫上的蝴蝶结："探监，又不是走亲戚，素一点好。"

爸爸背着包，双手拽紧胸前的包绳。我跟在他后面。他不时说："我没法拉着你，你自己要跟紧。"

"爸爸，"我有点紧张，"那里面坏人多吗？"

"还好。"他含含糊糊的。

"我们去了会打我们吗？"

"不会，到处是公安。"

"我们要走多远。"

"要转车，转好几趟呢，还要过大桥。我没法拉着你，你要跟紧了。"

八

南京长江大桥，是新中国成立后最重要的建筑之一。我上小学时，就有三防课。因为长江大桥彼时是最重要的南北连接点。老师说，如果再有人发动战争，第一件事就是往长江大桥扔原子弹。三防课经常有实战演习,老师吹响口哨,一个班的同学纷纷钻进桌子底下,衣服深色的,要脱下来反穿。然后戴好防毒面具,等口哨声停止时,有序地朝室外狂奔。男生让女生先走,年纪大的让年纪小的先走。大家奔出教室,奔向操场,那里有一个假设存在的防空洞。

我为了桥上有可能落下的原子弹,在教室里钻过多次桌子,在操场狂奔过很多回。但是第一次经过大桥,却是为了叔叔。

已近深冬,车里挤满了人。我站在人堆下方,竟有些热。车过江北,有人上了车,将一个半透明的硬硬的大塑料袋抵在我面前,我不得不尽量转开头。

不知开了多久,到了一站,不少人下了车。我这才看清,背塑料袋的是个女人,又老又憔悴,年纪和奶奶差不多大。她和我们一路走,走着走着,和爸爸聊了起来。

"我儿子判的十年,还是你弟弟好,才五年。"

"都一样,"爸爸微笑着,"大娘,都是一样的。"

"还是你们城里条件好,"她羡慕地看了一眼爸爸的背包,眼圈红了,"我没有本事,什么也不能给他带,只有这个。"

她晃了晃她的塑料袋。

"奶奶,袋子里头是什么东西,黄黄的?"我问。

"没什么,就是炒米。"

原来是炒米,却不像年节时我在街上爆的炒米花。炒米花虽然不软,却也不硬，轻飘飘地喷着香。"奶奶，"我又问，"炒米为什么这么硬？"

她不好意思了："是我在锅里头炒的。"

"锅里能炒炒米？"

"能……香得很。"

我还要问，爸爸用眼神制止了我，"大娘，家里还有什么人？"

"没有人了，"她说，"只有我一个。"

"哦。"爸爸不知再问什么。我们来到一处高墙边，大铁门前站着武警，一队人排队，从一个小门进。

排到我们时，我们向炒米奶奶告别。她连忙说："再见再见，赶紧送进去吧。"

我跟着爸爸往里走，心里很难过。我从没有想过，叔叔即使在监狱中，也比一些人富有；奶奶即使独居家中，也比一些人幸福。

"爸爸，"我拽了拽他的衣摆，"炒米奶奶真可怜。"

"生活嘛，"爸爸叹了口气，"不好过。"

一种复杂的痛苦，让我忘却了恐惧。我们来到一间巨大的屋子，里面摆着一排排长桌。长桌一面，坐着站立不安的家属，长桌另一面，空着凳子。

我听见了哨声，一些光亮的脑袋从窗前闪过。门开了，犯人们穿着一模一样的衣服，排队走进来。我也从没想过，他们都是剃光了头发的。

这次会面后，很长一段时间，我在街上看见光头的男人，都会害怕。

我担心他是个逃犯，又不明白，逃犯为什么敢在大街上活动。

叔叔见到我，很高兴，说我长高了，又问豆豆怎么样了，熊猫有没有再去做贼。听到此话，我很想像以前一样，边开玩笑边挖苦他几句，但又意兴阑珊。有些事，他大概永远也不会懂了。爸爸打开包，把东西一样一样拿出来，交代给他。他对书法用具不太感兴趣，太爷爷的家书也只是看了一眼，倒是吃的用的很喜欢。我满屋子打量，寻找炒米奶奶，却没有发现。也许，她在另外一间屋。

我不仅对叔叔感到失望，对人生也有一种失望。

回到家，晚上，我照例去跟奶奶睡。可能怕我听见，奶奶都是在夜里痛哭。我在哭声中抱紧熊猫，没有告诉奶奶，路上遇见了另一个母亲。也没有告诉她，叔叔对于物品的态度。我知道，她听不明白。事实上，我也不够明白。我思绪混乱，黑夜中，已经没有节目的小黑白电视闪烁着白花花的乱光，在这光中，熊猫的眼睛分外明亮。

九

熊猫何时走了，我不知道。它动作轻捷。它何时回来，我又不知道。只记得奶奶坐在床边惨叫起来。

我翻身坐起，见奶奶一只脚踩在一只死老鼠身上。熊猫紧张地蹲在旁边，不明所以地望着她。

"你个熊猫!"吓疯了的奶奶弯下腰,满地摸鞋。熊猫又往前凑了凑,刚要发个喵声,奶奶一鞋底抽在它脊背上,"我打死你个熊猫!"

熊猫叫一声,蹿起来就逃,一下子没了踪影。

奶奶去找火钳,我低下头,那老鼠头都咬烂了。想着奶奶一脚踩着这软软的一团,我的汗毛都竖了起来。

"这个熊猫,它是作死了,把死老鼠放在俺床头地上。"第二天,奶奶对爸妈说。

爸妈看我,我点点头:"它可能是想哄奶奶高兴吧。"

"高兴个屁!"奶奶说,"有本事别回来,俺见一次打一次!"

熊猫真的没有回来。第二天、第三天、第四天。奶奶夜里哭时,又加了内容:"俺爷啊俺娘啊,俺这是什么命啊,俺孩子啥也没干,就被抓了,判了刑,蹲了大狱。俺老头为了俺孩儿,去了湖北。俺养的猫也跑了,俺的熊猫啊,俺爷啊,俺娘啊,那猫可好了,俺想你们啊!"

我悄悄地吸着鼻子,擦干眼泪。

下午放学后,我去河边找,去街上找,都没有熊猫。我又去卤菜店找,也没有熊猫。我遇见了邻家奶奶。她的儿子是流氓罪主犯,判了七年。她的丈夫,在儿子判决后一个多月就走了。她越来越干瘪,像被抽干了水分,脱了人形。

"奶奶,"我问,"你见到熊猫没有?"

"没的,"她的声音小极了,一口气从喉咙下面吊上去,"我的乖乖,你的猫丢不了。"

"几天都不见了。"

"它比人强。"

"会不会被人毒死了?"

"不会。"

"会不会生气,再也不回来了。"

她想了想,似乎不能肯定:"猫气性大,我原来养过一只,他爸还活着的时候,踢了它一脚,它就走了,再也没有回来。"

她想想又说:"熊猫不会,它比人强。"

熊猫不见了,奶奶无心做饭,晚上只煮了一锅白水面。妈妈看不下去,炒了点鸡蛋,端给太爷爷,往自己和爸爸碗里倒了点酱油,凑合吃了,又看我没有胃口,给我开了包榨菜,倒在面条上。

第二天一早,有人敲奶奶的门:"崔家奶奶,你快出来看吧。"

奶奶披着棉袄,起身开了门,叫了一声又回来,忙着穿棉裤、棉鞋。

"什么事啊?"我缩在被子里问。

"熊猫回来了!"

我腾地坐起来说:"在哪儿?"

"也不是它回来了,"奶奶一边系扣子一边朝外赶,"这个熊猫,打死条大蛇放在门口。"

我赶紧起床,穿好衣服,跑到门外。外面围满了人。那蛇足有一米多长，蛇头处快咬断了，长长地睡在门口的地上。奶奶双手握住火钳，夹起蛇头，提起蛇身，叫好的、尖叫声一片。太爷爷也惊动了，慢慢踱出门。豆豆在人的腿间兴奋地穿梭，嗷嗷地叫着。奶奶举着火钳往垃圾站走，大人小孩狗，乱哄哄跟在后面。死蛇尾巴拖在地上，画出一条长痕。

"崔家奶奶，你家这个不是猫，是虎！"

"我的妈呀，龙虎斗！"

"我就听说过猫能打蛇，哎呀呀，还是第一回见！"

"乖乖，这个猫厉害，太厉害了！"

到了垃圾站，奶奶举起火钳，用力一甩，那蛇飞起来，轰地落在垃圾堆里。众人齐声叫好。豆豆冲进垃圾堆，看了死蛇一眼，吓得又往回跑。众人大笑起来。我看见邻家奶奶，她干巴巴的脸笑了："你家熊猫回来了。"

晚上，熊猫像没有离开过一样，把头埋在小鱼饭锅里，大口大口地吃着小鱼饭。

我们一家人坐着，看着它。

太爷爷捻着胡须，微微点头。豆豆趴在地上，头搭在爪子上，看着大家。爸爸对奶奶说："妈，这回你不能打它了，人家送了大礼回来的。"

"谁打它了，谁要打它了？"奶奶急了，"俺养的熊猫，俺为什么要打它？"

"不打就好，"妈妈笑着说，"这猫太争气了，仁义仁义。"

熊猫打过蛇后，再也不把任何战利品放在奶奶卧室门前，都改在大门外。邻居天天路过时，表示惊叹。奶奶照例一边骂一边用火钳清理尸体。

十

春节前，爷爷从湖北回来，和奶奶坐在一起吃饭。爷爷一直看着奶奶笑，奶奶急了，重重地把碗摔在桌子上："你吃你的饭，老是看俺做什么？"

老太爷低头吃饭，装着没有听见。爸爸、妈妈、姑妈、姑父都乐了。吃罢饭，爸爸让我回家睡，我跟着他和妈妈走出来，好像看见熊猫蹿了过去。

"熊猫！"我喊它。

它没有理我，钻进一辆自行车底下。

我借过爸爸的手电筒去照它，却意外地发现，不止它一只猫。它卧在地上，还有一只黄狸花猫，卧在它的身上。

"你们看，"我喊爸妈，"熊猫在干什么啊？"

妈妈抢过手电筒，关了光："小孩子乱照什么，没的事干了？回家！"

我不死心，一会问爸爸："熊猫在干什么，为什么那个猫欺负它，它都不管？"

"没的事，"爸爸说，"猫有猫的事，人不要什么都管。"

"你看着好了，"妈妈对爸爸说，"过了春节，肯定要怀孕下小猫。"

"好事情。"

"好什么好，三两下一掏，这个猫就要犯死相了。"

"不会，这个猫神气。"

"再神气的猫也经不起，可惜了，"妈妈直叹气，"是个母猫。"

我隐约猜到，那两只猫的重叠和下小猫有关系。可下小猫为什么熊猫就不好呢，家里要多几只小生命，是多么开心的事啊。

春节后，爷爷又去了湖北。爸爸每到周末，就赶往江北探监。晚上我陪奶奶睡，白天去学校读书。日子一天天滑过去。突然，街道有人来，给了份通知。城里不允许养狗了，限三日内处理掉自己家中的狗，不然打狗队一律按野狗处理。

"大妹子，"街道办事处的奶奶也是苏北人，拉着奶奶的手说，"你快把豆豆弄走吧。打狗队可凶哩，也不说话，朝着狗头就打，一棍子下去，就死了。"

"真朝死里打？"

"打！打死了就扔到车上，我们附近几个街道，打死了几车狗。"

奶奶要爸爸给叔叔写信，说明此事。妈妈说，一共三天，邮局往返时间都不够。打狗的事是真的，她单位附近也开始打狗，打得很厉害。

"问他也没有用，"爸爸说，"他不在家，豆豆都是跟着爷爷，还是问问他老人家的意思。"

这件事，我事先并不知情。每天放学回来，陪我玩的，是豆豆，我寻找着去玩的，是熊猫。我对豆豆，感情也深。

　　这一天回家，我照例喊豆豆，没有狗回答。平时早就蹿出来，扑在我怀里。

　　我房前屋后转了几圈，只有熊猫睡在厨房屋顶上。喊它，它懒懒地不理我。我找奶奶，奶奶不在。太爷爷坐在客厅，喊住我："你来，先坐好。"

　　我在沙发上坐下来。

　　"豆豆没了。"

　　"您说什么？"

　　"街道办说要打狗，你爸爸托了个朋友，今天上午来把它接到乡下去了。"

　　"这不可能！"我激动地站了起来。太爷爷平静地看着我。我强行克制着情绪，重新落座，"奶奶知道？"

　　太爷爷点点头。

　　"您也知道？"

　　太爷爷又点点头。

　　"你们为什么不告诉我，如果我知道了，今天还可以陪它最后一天。"

　　"怕你舍不得狗，"太爷爷说，"也怕狗舍不得你，到时走不掉，它枉送了性命。"

我的眼泪流了下来。

"它是怎么走的?"

"它不肯走,"太爷爷说,"豆豆平时蔫蔫的,今天早上又抓又打又咬,怎么也弄不动。"

我擦掉一把泪:"那它是怎么走的?"

"你奶奶告诉它,不走就活不成了。它是流着眼泪跟人走的。"

我放下书包,走到河边。奶奶果然在这儿,一边小声哭一边向她的爷娘诉苦。我有几次,夜里做梦,梦见豆豆回来了,漆黑的小长身子朝我狂奔。

说来也怪,豆豆与熊猫抢饭吃时,常被奶奶骂是败家之兆,等家真正遇到困难,奶奶却不肯再提,对它们也更加好。

一家人为豆豆的事烦恼。爸爸去探监,免不了告诉叔叔。他发脾气,称没人和他商量就送走了豆豆,不接受爸爸送的物品。爸爸怒了,在探监室拍了桌子骂他,被管教员推了出去。这次之后,姑妈姑父去探了两回监,又换成了爸爸。

太爷爷和我谈完豆豆的事后,再也没有提过豆豆的名字,也不参与有关它的讨论,仿佛它没有存在过。还是邻居们议论,奶奶才发现,熊猫的肚子大到如鼓,已经自己在家里找地方准备生产了。

十一

有一天,熊猫总往衣柜钻,奶奶忙把衣服全拿出来,用床单打了个包,堆在床角,给熊猫腾了个地方。

我把好消息告诉姐妹俩。她们又有了一只新猫,叫我去看。那猫是黄色的,长毛,说是中国山东狮子猫与波斯猫杂交生的。

"熊猫要下小猫啦,太好了,拜托你奶奶好好照顾它。"她们的妈妈这样对我说。她们什么也没有说,只是让我逗新的小猫。新小猫确实可爱,我看着它,想象着熊猫的孩子。

熊猫的肚子越来越大,打的猎物越来越小,临产前抓的老鼠没有气绝,一直在门前空地抽搐。

奶奶不许我再过去睡,怕惊了熊猫。隔几日,说小猫出生了,有三只。

我着急去看,奶奶也不让进卧室门,说小猫睁眼前,谁也不许进。等小猫睁开眼后,我进了门,见三只灰黑色毛茸茸的小东西,在奶奶床上爬来爬去,嘴里不停地喵喵叫唤。

熊猫守在床头。我往前一步,它就盯住我,背上的毛渐渐参开。

"你个熊猫!"奶奶骂它,"你吓唬谁呢,她是谁呀,她是俺家人!"

我绕到床的另一头,坐下来,立即被三只小猫吸引了。这三只小东西活泼泼的,其中有两只条纹清楚,像狸花猫,时不时东扑一下、西跳一下。另外一只长得像熊猫,花纹不虎不豹,脸最圆,眼睛最大,毛又比熊猫长。它总是倒着身体,肚皮朝上,四只小白爪在空中飞舞。

"这一只最好看呢!"

"比熊猫还好看!"奶奶欢喜地说。

熊猫慢慢接受了我的存在,毛顺下来,一动不动地卧着。

姑父拿了相机来,给小猫拍照。熊猫还是紧张,没办法,奶奶只好坐在一旁。等照片洗出来,大家一看,几乎每一张都有奶奶或奶奶的某个部分,有时有手,有时是半拉衣襟。

妈妈拿了照片,带给外婆看。外婆看着:"这就是熊猫啊?"又看看,"你婆婆老了不少?"

"是的,"妈妈说,"女人不能经事,为了小叔子,她这一年,老得太快了。"

"这猫也老了。"外婆说,"看着不那么神气了。"

"淘的,"妈妈说,"又发情,又怀孕,又下小猫,你看看,毛也没光泽了,眼睛都不亮了,一下子成老猫了。"

我拿过照片,见奶奶坐在房间床头,头发花白,脸凹陷下去,一只手指着小猫,手色焦黄,青筋暴露,指节微微弯曲。

熊猫蜷坐在床边上,双目低垂,脖子无力地缩起。

一人一猫,像霜打后的秋叶。虽然奶奶脸上挂着笑,熊猫的脸色却有些悲凉。

"女人嘛，"外婆叹口气，"就是这样的。"

妈妈掠了我一眼。

三只小猫奶水吃得足，长得飞快。两只喜欢跳的已经满客厅乱窜，还跑进老太爷的房间里玩耍。那只爱现肚皮的，我们发现，它不是喜欢向人表示亲热，而是一个瘸子。

它的右后腿不能承力，从来不落地。剩下三只腿一走一拐。奶奶每次看它摔倒就笑，笑着笑着就哭了："你个磕头鬼，生下来就给人磕头！"

我对姐妹俩说，磕头鬼特别好看，性格也开朗，希望能把它送到原主人家，好好收养。

姐妹俩商量了一个周末，对我说，她们家已经有熊猫的妈妈和一只新黄猫，不能再养第三只猫了。

小猫快两个月时，熊猫恢复了夜里出行的习惯。两只健康的小猫很快被人领走了。磕头鬼没有人要，奶奶成天把它装在围裙口袋里，它就像只小袋鼠，两只白爪伸在口袋外面。

十二

叔叔当年的高中同学，从部队转业回南京，听说了叔叔的事，就来看奶奶。

他带了一兜苹果，自己摇着轮椅。到门前，把轮椅换成双拐，苹果挂在手上，一晃一晃地拄着拐杖，走了进来。

太爷爷出来会客，奶奶给倒上茶。客人说着说着，盯住了奶奶的口袋："阿姨，你口袋里头是什么？"

奶奶掏出磕头鬼。他伸手要，接过来放在自己腿上，磕头鬼四脚朝上，肚皮对着它，越发显得脸团眼圆，四周还夵着一圈茸茸的灰毛。

两个玩了半天。他把磕头鬼放在茶几上，磕头鬼一走，就摔了一跤。

他慌忙把磕头鬼抱回怀里。老太爷和奶奶都没说话。

"阿姨，这猫送人吗？"

奶奶没有回答。老太爷慢悠悠地问："冒昧了冒昧了，你的腿是怎么……"

"哦，"他笑了笑，"部队上搞爆破，是个意外。"

"俺这猫是个瘸子。"奶奶突然说。

"我也是个瘸子，"他乐呵呵地说，"大瘸子带个小瘸子。"

磕头鬼就这样离开了我家。奶奶说，熊猫第一次当妈，不会生，秋天再生小猫时，就会个个健康。可还没到夏天，熊猫就不见了。它没有回家，也没有尸体，到处没有它的消息。奶奶去卤菜店闹过两次，都被赶了出来。卤菜店的邻居说，没发现店里处理过死猫。奶奶又说，早知道熊猫不回来，她死活也不会把磕头鬼送人。

从那以后，我们从来不说熊猫死了。我们说，它不高兴小猫被送走了；我们说，它发现另外山高路远，除了这条街，外面有的是地方。

求职游戏

苹果和张凯面对着遍地狼藉！

电脑屏幕已经碎了，那爆炸的声音当时把两个人都吓了一跳。桌上、地上、板凳上全是晶亮的碎片，整个家就像被强盗刚打劫完一样。这些碎片，不仅属于电脑，也属于他们的生活。张凯愤怒地看着苹果，吼出一个词："离婚！"

苹果当即冷笑："又没有结婚，离什么婚？"

张凯哑口无言，半晌道："那就分手。"

苹果真是狠毒了，不怒反笑，轻轻拍了一下手道："我求之不得。"

"你不用和我转文，"张凯道，"要分现在就分。"说完，他冲到衣橱旁边，从上面拿下苹果出差用的行李箱，然后扯开衣橱门，把自己的衬衫、外套、内衣一股脑地塞进箱子里。苹果见他毫无章法，行动像个孩子，可明明已经是个三十岁的大男人了，不禁又可气又可笑，又为自己感到悲凉。人生最美好的年华,从二十二岁到三十岁,居然给了这样一个人!苹果默默地走到门前,从架子上取下自己的包,抽出了一张卡。这张卡是她交电话费用的,卡里还有两千块钱。她等张凯收拾完东西,提着箱子气咻咻地走到门前,才把卡递给他。张凯不接,苹果道,"你身上一分钱都没有。"

"我就是饿死也跟你无关。"

"是吗?"苹果道,"我只希望你饿死了,也不要再上我的门。"

"哎哟。"张凯一阵心寒,这是他谈了七年的女朋友说出来的话!他随手从口袋里掏出钥匙,砸在门前地上,"钥匙还你,我走出这个门就不会再回来。我是男人!我说话算话。"

"你说话算话吗?"苹果尖刻地道,"你说你找工作,你说你好好工作,你说要买房买车,你哪一句话算话了?你哪一件事情做到了?"

不等苹果再抱怨,门被拉开了,张凯像一只被猎枪指着的野狗,"嗖"地蹿了出去,然后"砰"地关上大门,把苹果一个人留在家里。

这已经是苹果与张凯爆发的不知第几次家庭大战了。每一次家庭大战爆发后,家里的损失总是严重。但这一次与以往不同,除了杯子、碟子、书,还有一台电脑——这可是苹果咬着牙,下了几个月决心,才添置的一个大件。

六千九百块钱!对他们这个月收入只有四千的小家来说,成本太高了。苹果如果不是考虑张凯要玩游戏,她根本不会买电脑。对于这台电脑，苹果又爱又恨。爱的是，她确实心疼张凯，要么用原来的旧机器，吭吭哧哧地打游戏；要么去网吧。一个年近三十的男人，整天缩在网吧里打游戏，虽然可恨，却也令人心酸。

恨的是苹果觉得给张凯买了电脑，就意味着她再一次放松底线。在她和张凯的感情问题上，她又向后退一步。她已经不求这个男人事业有成，买房买车，只求他有份好工作；已经不求他有份好工作，只求他能去找工作；已经不求他去找工作，只求他能好好待在家里；不求他好好待着，只求他不要打游戏；不求他整天打游戏，只求他不去网吧，让苹果下了夜班后回到家，还能看见一个"人"。

这种又爱又恨的心情，不仅是苹果对买电脑的看法，也是苹果对人生的困惑。她和张凯是校友。张凯比她大半岁。苹果学的是新闻，张凯学的是化学。两个人虽不在一个系，却因一次老乡聚会而认识。张凯家其实也不和苹果家在一座城市，只是他小时候在那儿生活过，闲极无聊就来参加这个聚会。没想到和苹果一见钟情，种下了孽缘。

自从苹果和张凯恋爱后，除了恋爱问题，苹果一切顺利。几年前找工作还没有现在这么困难，她由学姐介绍进了一家出版社实习，又因出版社编辑的介绍进入一家报社实习，然后留了下来。尽管报社工资不是很高，但平台不错。苹果在这里接触到这座城市各行各业的人，也时常替一些企业写写文章，或者参加发布会拿些红包。报社上班也不用起早，基本上每天中午到社里，夜里十一二点下班。苹果业务能力不错，性格也比较温顺,对待领导和同事都小心翼翼的。她深知自己和这座城市比起来,非常渺小。不要说她是一个本科生,就是硕士、博士生存也越来越艰难。她又没有过硬的家庭背景,自己长得也不是十分漂亮,更不伶牙俐齿,能见什么人说什么话,一滴水就能掀起一片风浪。她能有这样一份工作就很不错了,要老老实实、兢兢业业,甚至有点胆战心惊地努力工作下去。

苹果不明白,她这么踏实的一个人,怎么找了张凯这么一个不靠谱的男朋友?他总是这山望着那山高!毕业的时候去一家大公司实习,公司觉得不错,想留他,只是底薪给得低些,他说人家大材小用,经不住苹果一再规劝,忍气吞声留了一个月便辞职了。接着有朋友介绍,去一家公司当销售,干了不几天,因为陪客户喝酒时,客户说了些难听话,便愤而离席,从此再也没有去过那家公司。然后他说不去上班了,要创业,于是和家里人借钱,和几个同学鼓捣在大学宿舍划出一块地方当办公室。折腾了小半年,几万块钱花光了,家里怨声载道,事业也没能做起来。接着他又说要考研,买了一堆材料在家复习。苹果本来觉得这也是个希望,他学化学的,能往上走一走,或者出国,或者留校,或者找个好企业做个技术管理,都相当不错。没想到复习了半年,临考试前,他居然说不考了,说现在硕士生成把抓,考研没有什么意思。那一次,苹果和他大吵了一架,两个人差点分手。

这是两个人第一次感情危机。张凯苦劝了苹果很多天,保证自己不再好高骛远,一定脚踏实地找工作,苹果这才勉强回心转意。苹果有时候想,如果那次她跟张凯分手了,彻底地分了,倒不失人生一桩美事。

那个时候苹果二十五岁,虽不貌美,却还青春。一些大姐们,还挺热心地帮她张罗对象。又有一两个闺密,觉得张凯不踏实,劝她分了拉倒,又安排她去相亲。但苹果总归是个好女孩,不敢骑马找马,因为跟张凯没有彻底分,她把相亲的机会一一推掉了。迄今为止,苹果除了张凯,还没有和第二个男孩子约会过。

张凯那段时间表现也真不错。他找了家公司,跑医药产品的销售。跑了约一年的医院。可他还是诸多抱怨,说现在做药的没有良心,卖药的更没有良心,最没有良心的,是医生给病人开药的时候。张凯在愤怒中度过了一年,苹果则充当他的垃圾桶和安慰剂。有一次张凯说,如果没有你,我是不可能妥协的。

苹果闻言一愣:"你向什么妥协?"

张凯也愣了!是啊,他向什么妥协呢?他不得而知!他知道对于苹果和苹果的家人、朋友来说,他就是个混账。在现在的社会,一个男人不能挣钱养家,几乎等于十恶不赦。就算他对苹果忠诚,打心里爱着这个普通的女孩,他们也不会感激他。他们要的是实际效果:他一年挣多少钱!买多大的房,开什么样的车,造就什么样的生活!

那一年,苹果和张凯也有吵闹,吵闹的原因简单:苹果二十六岁了,到了结婚年龄。可他们拿什么结婚呢?现在有个词正流行:裸婚!即无房、无车、无钱就结了。可四年前这个词并没有出现:裸婚是不可想象的。

每当苹果和张凯商量起这个问题,张凯总不在乎地说:"好啊,想结婚明天就去。"可最后退缩的往往是苹果自己。她和同事们商量,同事的意见和朋友、家人并无区别:你为什么要嫁一个这样的人呢?这样的人对你有什么好呢?还是和他分手吧,趁着自己年轻。

苹果的妈妈,一直以为苹果和张凯经历了大闹后就分手了。她除了通过电话催逼苹果尽快找人之外,就是通过各种渠道、各种关系托人给苹果介绍对象。除了一两个闺密可以诉苦,苹果别无他法。可闺密们最后也厌烦了她的倾诉,因为她的倾诉并无解决之良策:要分也分不掉,要结也结不了,这是干吗呢?

于是,日子一天一天消耗下去了。张凯再一次辞职,再一次找工作,再一次失业。渐渐地苹果的闺密们开始催着苹果赶紧与张凯结婚。熟悉苹果感情心路的同事们也催着苹果赶紧结婚。苹果的妈妈除了变本加厉地催逼之外,也开始怀疑苹果和张凯藕断丝连?有一次苹果妈妈小心翼翼地道:"如果你还要喜欢那个人,你结婚我们也不反对。"这种一边倒的口风,让苹果觉得悲哀。时光太快了,苹果已经二十九了,再有一年,她就三十了。可她两手空,一无所有。这些年来,她一个人负担两个人的费用,虽积攒了一点小钱,用这些钱买一辆小车还能勉强,买房就想都不要想了。如果她和张凯结婚,再生下一个孩子,难道要她一个人负担一个家三口人的全部费用吗?苹果想都不敢想啊!结婚是不能了,那就赶紧分吧，可这时候连劝她分的人都没有了。二十九岁的大龄剩女，容貌一般、无房无车，不好兜售啊。

那些劝她分的人开始把她往爱情的路上引，什么很多家庭都是这样啊，女主外，男主内；什么你们从大学到现在谈了八九年，真是很不容易啊；什么感情和实际利益能得一样就不错了啊；……苹果奇怪，这些话他们为什么早不说，到现在才来说？而且，女主外、男主内，说起来是不错，可苹果根本做不了女强人。干媒体这么多年了，她还是有些腼腆，虽然有时候说话也风风火火，写起稿子来也算流畅痛快。可真要她离开这个报社，去赚一笔什么样的钱，她一点方向都没有。

苹果很困惑，她不知道成功的人是如何生活的，怎么能爱情事业两得意呢？或者怎么能二者得意其一呢？像她这样双失败的人，可能真的不多吧。苹果越加抑郁，眼角两边长出不少黄褐色斑点，由于长年熬夜，她的眼睛总是很疲劳，下面挂着巨大的眼袋。以前跟报社的同事们出去吃饭，或者见一些客户，还有人称她几声美女，开她几声玩笑，现在见到她，都是尊尊敬敬地喊她老师了。

青春一去不复返，苹果为了遮盖眼袋，也为了眼睛舒服，索性配了一副黑框眼镜，就这么戴着。苹果觉得自己对生活的放弃越来越多，这不仅是个穿衣打扮的问题，也不仅是张凯的问题，这是一个人生议题！对于她来说，一切都太复杂了，她不知如何搞定，更不知如何发问与解答。

苹果真的没想到，这个困扰了七年的问题，会以这样的方式解决了。

她无数次想过自己和张凯分手以后，应该是什么样子，可她万万没有想到，居然如此平静，甚至如此解脱。她第一件事情就是拿起扫帚，开始打扫卫生。她把家里每一个角落都清理了一遍，除了电脑，还有碎片、纸屑……和张凯所有有关的东西都被她装在一个箱子里，放在墙角。她恓恓惶惶过了这么多年：担惊受怕，犹豫惶恐，如今虽然没了男人，可她至少可以一个人轻松自在地过日子了。原来没有这个人，她的生活里就没有了负担。

张凯离开了和苹果住了五年的小屋，提着一个箱子。此时已是初秋，风吹到身上有了一些凉意，大约走了半个小时，张凯有些清醒了：他能去哪啊？他要去哪啊？总得有个落脚的地方吧！但说一千道一万，他不会再回他和苹果的家了。

这样也好吧，张凯觉得这真的是一种解脱，自己拖累她这么些年了，又没有工作又没有钱，何必这样耗下去？他在街边停下来，掏出皮夹翻了翻，口袋里还有二百八十块钱和一张可以透支五千块的信用卡，这是他现在全部的家当。

他拿出手机，开始给几个哥们打电话，其中有两个是大学时候的同学，都已经成家立业了。张凯一说明原因，他们都委婉地表示这两天很忙，恐怕没有办法接待他。其他的有的在出差，有的正在开会，话说一半，就把张凯的电话给挂了。张凯迫于无奈，想起一个和自己在网络上打游戏打得很默契的朋友，也是为了打游戏方便，两个人才互留了手机号码。张凯厚着脸皮给他打过去。对方问清楚他是谁后显得很高兴:"哥们,约我打游戏啊?我这两天正出差,忙得要死,顾不上呢。"

"非也非也,"张凯不敢再说自己的近况,含糊地道,"为打游戏和老婆吵翻了,老婆把电脑砸了,把我赶了出来,心里郁闷,找你聊聊。"

"哎,"那人哈哈笑了,"我当是什么大事,这事我也遇到过,没事,她气几天也就消了。哥们,你在哪儿快活呢?酒吧还是茶馆?"

"我哪儿都没在,"张凯把心一横,索性道,"我出来的时候走得急,就带了几件衣服,身上就两百块现金。但是我也不想向她低头,没有办法了,才给你打电话。"

对方并没有像那些熟人、朋友,立刻找理由推掉他,而是爽快地大笑起来:"身上没钱,还想给老婆下马威,你也是个妻管炎啊。这样吧,稍微等一等,我来帮你想想办法,你把手机开着就行。"

说完,对方挂了电话。张凯猜不出他说的是假话还是真话,是搪塞自己还是真心帮自己。不料五分钟以后,这哥们真的打电话过来,他告诉张凯,他的一个大哥,也就是他刚入行的时候跟过的一个人,现在住在北京某高档小区里,因为房子太大,他一直想找一个人和自己同住。他介绍张凯先去住几天,一切等他出差回来再说。他告诉张凯,这位大哥姓邓,叫邓朝辉,是位广告公司的创意总监。接着,他把邓朝辉的家庭住址和手机号码用短信的形式发给了张凯。张凯一看,住的还挺远,便辗转了地铁与公交,来到他说的那个区域。这一带一看便是富人区啊,房子都不太高,房与房的间距极为宽阔，花草树木郁郁葱葱，完全不像在北京。

张凯刚走到小区门口就被保安拦住了。保安问他找谁？他说了门牌号和名字，保安便在小区外按门铃，没有人应答。保安说家里没人，不能让他进。张凯便开始给邓朝辉打电话，电话没有人接。张凯无奈，只能站在小区外面候着。一些人从小区大门中进进出出，张凯冷眼旁观着，不禁有些奇怪：他们如何住进这样的小区呢？

大约半小时后，邓朝辉回了电话。他告诉张凯，他正在附近喝咖啡，让张凯到咖啡店去找他。张凯向保安问了路，提着行李慢慢朝咖啡店走去。

他没走多远，找到了那家咖啡店。小姐把他带到一个包间，他推开门，见一个穿着银灰色西服，打着灰蓝色领带的男人坐在里面。他的对面坐着四个人，这四个人衣着休闲，其中一人张凯颇为面熟，他觉得如果自己没有猜错，那人应该是个电影明星。他不知道哪一位是邓朝辉，只觉得那个穿银灰色西服的男人举止有派，看起来颇为不俗。那人一见他便笑了："你小子，这几天忙翻了吧？忙成这个样子就出差回来了？快，坐。"说完，他指着旁边的座位让张凯落座。张凯坐下来觉得有一些不安，张嘴道："我是王……"

不等他说完，那穿银灰色西服的人挥了挥手："小王都给我说了，你们是好哥们。来，我给你介绍几位好朋友。"说着，他把那几个人向张凯做了一番介绍，说起那个电影明星的时候，也就轻描淡写地带了一句，这是谁谁谁。接着他介绍起了张凯,这番介绍可把张凯吓了一跳:"这是我的一个小兄弟的兄弟,目前是一家高科技公司的 CEO,别看他穿得普通,家财万贯啊。"话音一落,张凯便觉得那几个人看待自己的眼光明显有了不同,他又不好争辩又不好纠正,只得微笑着点了点头。那穿银灰色西服的人叫来服务员,问张凯要喝什么?张凯说:"咖啡。"穿银灰色西服的人微微一笑:"我就知道你最爱喝蓝山,可这里的蓝山味道不好,怎么样?来一杯苦咖啡提提神?"

张凯心想,他妈我什么蓝山、拿铁都喝不出味道,苦咖啡就苦咖啡,他点了点头。服务员不一会儿就送来了咖啡。他坐在温暖的包间里,喝着咖啡,看着那个电影明星恭恭敬敬地听着那个银灰色西服大放厥词,什么品牌、营销。听着听着,张凯也来了兴趣,他忽然觉得和苹果吵架,离家出走是正确的,这才是他想要的生活。他竖着耳朵,喝着咖啡,听着那个男人的演讲,听到兴奋处不时地还插进去讨教几句。如此一来,包间里的气氛更加热烈了。不一会儿便到了晚饭时间,那几个人说晚上还有事情,改日再来讨教。接着又问那穿银灰色西服的人,让这位明星接拍广告到底行还是不行?那穿银灰色西服的人微微一笑道:"行与不行还不是看我怎么包装吗?我说他行他就行。"众人便又是一顿寒暄,这才告辞而去。

他们走后,只剩下张凯和穿银灰色西服的两个人,那人坐下来,向后一仰,打量着张凯,神情和刚才判若两人。张凯也知道自己装模作样的时候结束了,便笑了笑道:"你就是王强的大哥邓先生吧?我叫张凯。"说完,他毕恭毕敬地伸出一只手,"刚才听您谈的这些话,感觉很受用。"

邓先生也伸出手,和张凯用力地一握:"我叫邓朝辉,你叫我老邓就可以了。怎么?被老婆赶出来了?"

张凯点点头。

"没事,"邓朝辉微微一笑,"先在我那待几天,手机别开,你也别联络她,她自然就服软了。"

张凯哪敢说自己是有来无回,只是忙着点头。老邓为人挺大方,又叫了两份饭,二人吃过了,这才回了家。邓朝辉的家确实很大,不是一般的大,是大得有点惊人,他一个人住着一个四百平方米的房子,有雪茄室、影音室,还有一间超大的书房。他带着张凯一间一间地参观,然后把自己一些心爱的小物品拿给张凯把玩,一个烟斗啊,一个纪念物啊。聊着聊着,他问张凯:"你们公司是做什么的?"

张凯一愣,随口道:"游戏。"

邓朝辉点点头:"游戏是好生意啊,就是有点缺德。"

张凯一愣:"为什么?"

"多少人打游戏打得玩物丧志,老婆孩子都不管了,事业也不要了。"他摇了摇头,长叹一声,"这是祸国殃民的东西啊。"

张凯听了这话,脸微微一红。他不禁有些惊讶,这老邓怎么还有点忧国忧民的味道?他忽然想起,自己曾经告诉过王强,自己在一家科技公司任职,王强当时问他什么职位?他随口说了一句 CEO。这邓朝辉如此款待他,估计是把他当成了一个人物吧?张凯也不说破。而且他很喜欢和邓朝辉聊天,觉得这个人知识渊博、见识不凡,很有一种味道。邓朝辉显然是个不能寂寞的人,对着张凯滔滔不绝地说了自己的见闻,不仅是对游戏行业的想法,还谈及了他在这行业认识的人,似乎在社会上很有人脉。

这两个人一个愿意说,一个愿意听,聊着聊着,居然很投机。邓朝辉又开了一瓶酒,跟张凯喝了好几杯,这才安排张凯休息。张凯住在楼下的一间客房,客房布置得很是舒服,床超大,张凯觉得睡他一个人太浪费了,睡他和苹果两个人也浪费,至少应该睡四个人。

他躺在床上,盖着柔软的真丝被,望着天花板。蒙蒙眬眬中,那巨大的水晶吊灯在昏暗的光线下看起来,像一个奇怪的物品。这和今天下午他窝在和苹果的小家里,打着游戏的生活简直是两个世界。不知道苹果过得怎么样了,她是否会生气?还是觉得自己走了好?最好一了百了,再也不要回去见她?张凯心里有些难过,要说这世界上谁对他最好,大概也就是苹果了吧。默默地跟了自己七年,她到底图什么呢?他也不觉得自己很帅,钱肯定也没有。想到这,张凯长叹一声,苹果是真心爱他,可真爱又怎么样呢?人总要想办法过生活,看到这个家里的一切,张凯觉得自己久违的欲望与野心又悄悄地在心里萌芽。如果他能给苹果买这样的房子,让苹果睡在这样的床上,不要说苹果,就是梨子、香蕉、水蜜桃都会觉得很愉快吧。

他得想办法讨好这个老邓,和老邓交朋友,他得学习学习,这邓朝辉是如何一步一步走向成功的？

张凯下了这个决心，也不去管苹果到底会如何了。他没带手机充电器，第二天早上电话没电了，他索性把手机装进箱子。邓朝辉白天很忙，晚上回来比较空。这个人像个话痨，说起话来就停不住，加上张凯是个好听众，他对邓朝辉所说的一切内容都充满了兴趣。而且还针对他所述的内容不断领悟与思考，听到高兴处不免抓耳挠腮，还不时发问。有一次邓朝辉感慨道，说他见了张凯，总算知道，菩提老祖为何要传授孙悟空七十二般变化和一身武艺。张凯乐了："你是说我长得像猴子？"

邓朝辉摇摇头："敏而好学，太难得了。"

张凯望着他，还是没有明白。

邓朝辉道："你如此地热爱学习，这是件好事。毛主席说，谦虚使人进步，你是我见过最谦虚的人，而且学习东西领悟能力特别强，你将来有没有成就我不敢说，过得比一般人强是没有问题的。"

"是吗？"张凯又惊又喜，"可大家都说我没有用，尤其是我老婆。"

邓朝辉笑了："女人的话，你不能信，女人通常不愿意做大事，担大的风险，她们只要老婆孩子热炕头的生活。"

听了这话，张凯宛如遇到了知音，频频点头。不料，邓朝辉长叹一声："但是女人的话又不能不听，凡是不听女人话的男人事业都做不大。"

张凯闻言有些困惑："照你这个意思，又不能听女人的话，又要听女人的话，这如何平衡呢？"

"这就是一种平衡,"邓朝辉道,"因为女人比较踏实,她要的是一个家庭,所以她的话通常来说都没有风险。你若全听,你必不能成大事,可你要一样都不听,你必不顺利。所以我老说,如何去听女人说话是一门学问,也是一个艺术,对一个男人一生都至关重要。"

"精辟、精辟!"张凯深以为然,不禁连拍大腿。他为什么到三十岁还混不出来?就是因为一直听着苹果的话,要安稳,要稳定,不能冒险。可他为什么到现在还一文不名,还把苹果弄丢了?就是因为他打心眼里从来没有听过苹果的话,如果不是因为他爱苹果,他觉得苹果的话基本等于放屁,毫无意义可言。

这两个人每晚引经据典,喝酒谈天,加上邓朝辉家大业大,不在乎家里多出一个客人,张凯这一住居然住了整整一个星期。一周之后,那个打游戏的哥们王强回来了,邓朝辉说要感谢王强给他介绍了一个很好很有情的小兄弟,便请二人吃了一顿火锅。饭桌之上三个人把酒言欢,全然忘记了张凯来邓朝辉这是临时落脚,王强也没顾上问,这张凯到底要住到什么时候。他第二天还要出差,酒至半酣便告辞走了。于是张凯便又在邓朝辉家住了下去。但他心里知道这不是长久之计,但权宜之中,他得想办法。于是他借用邓朝辉的电脑,开始整理自己的简历,并且在网上开始寻找工作。但是,凭借一份大学本科的教育背景,凭借整整七年似有若无的工作经历,张凯觉得自己要去找工作,难如登天。邓朝辉虽然人脉广泛,但他做的行业和自己是两回事,他现在如此善待自己,不过还把自己当成一个混得不错的人，要知道自己一文不名，身无分文，迫于无奈才在此处寄住，没准他就一脚把自己踢出门了。

欲求助又不敢求助，张凯觉得向邓朝辉开这个口，实在是一件困难的事。另一方面，他因为没有手机，也无法和苹果联络，他登录MSN和QQ，几次见苹果在线，想给苹果搭话，问她过得怎么样，可又不知道怎么开口。终于有一天他忍不住给苹果发了一个笑脸，可苹果回都没回。这让张凯有些心寒，他想，把我赶出家门的是你，让我流落街头的也是你，就算我们真的分手了，看在相处七年的分上，你也应该问我一句过得好不好。难道真的想让我流落街头，生死不明吗？看来女人翻脸真的比翻书还快，女人下狠心的话，真的是九头牛也拉不回来。张凯心寒至此，便也顾不得苹果了。他没有电话可以和外界联络，唯一可借助的就是网络，他在网上疯狂地投递简历，但都石沉大海毫无音讯。除了晚上能和邓朝辉聊天，这白天的日子实在难熬，电视剧也没有什么好看的。张凯一时烦闷，便忍不住下了一个游戏，这有一就有二，他又下了一个游戏，又过上了游戏生涯。

游戏确实可以让人忘却现实，进入另一个时空。邓朝辉发现张凯这两天有一些变化，晚上听他聊天也有些心不在焉。等他说一句都睡吧，他便坐在电脑旁。开始邓朝辉以为他有事情，后来才发现他的电脑上多了网络游戏。第二天晚上吃晚饭的时候，他问张凯："你在我的电脑上下载游戏了？"

"对。"张凯有些心虚，点了点头。

"工作需要吗？"

"对。"张凯又点了点头。

邓朝辉没有说话，只是无奈地摇摇头。张凯觉得气氛有些不对，想开口说出实情，又实在下不了决心。正恍惚间，邓朝辉问："你老婆有跟你联系吗？"

张凯吓了一跳："没，没有。"

"我看你天天也不用手机，是不是她找不着你？"

"我在网上和她联系了，"张凯道："可她不理我。"

"女人就是这样，"邓朝辉道，"我看你是太伤她的心了，再耗她几天，也可以给她发封邮件。"

"发邮件，说什么？"张凯问。

"什么都不说，就说天气冷了，让她注意身体，看看她的反应。"

张凯点点头。

邓朝辉突然又问："你们公司叫什么名字？"

"啊？"张凯不知如何回答，看着邓朝辉，他端着一杯咖啡，陷在宽大的沙发里，一双眼睛似笑非笑，好像看透了自己，又好像洞悉了全部真相。张凯把心一横："老邓，我没有公司。"

邓朝辉点点头："这话我信，我没见过哪个公司的人，像你这么清闲。"

— 197 —

"我也没有工作。"

"这个我也信。"

张凯结结巴巴地道:"但是,但是我在找工作。"

"你找了多久?"

"我,"张凯脸上很挂不住,但还是说了实情,"好几年了。"

邓朝辉似乎一点也不意外,只点点头道:"你好歹也是大学毕业的本科生,为什么混成这样?"

"我也不知道。"张凯道,"自从我大学毕业以后,一直过得不顺。我老婆说是我的问题,我觉得是她的问题。她又说是社会的问题,那我就不知道,这问题到底是什么问题。"

邓朝辉摆摆手:"我听不懂你说的问题,你要找工作,就去找,你想上班就好好上班,有什么狗屁问题?"

"问题是我不想上一个那样的班。"张凯道,"像我老婆那样,大学毕业以后找了一份工作,一干就是七年,干到现在怎么样?也就是一个普通的小记者。我觉得她过于要求稳定。"

"那你想怎么样?"邓朝辉问。

"我觉得,我能做一些比较好的工作。"

"人人都想做好工作。"邓朝辉冷笑一声,"凭什么别人不做让给你啊?"

"邓哥,"张凯道,"我不瞒你说,我觉得和你打交道,很舒服,你说的这些话，谈到的这些经验，我都很喜欢，我觉得如果我跟着你做事，你交给我的工作，我都能完成。可是你知道，我们现在去找工作，大公司要的都是海归或者名校的博士、硕士；一些小公司，我确实不愿意去，我这人骨子里有点清高。别看我落魄，可是你也看到，我早晨起来，那床是叠得整整齐齐。跟您说话，我也是有礼有节。我这人吧……。"

"你这人吧，就是有点小清高。"邓朝辉冷笑道，"还有点小资情结。像你这样的人，"他伸手一指张凯，"能文不能武，能上不能下，也就配在大公司里混一混，顶了天了。"

张凯没料到，邓朝辉会这么说，不由一愣，他想反驳，又没敢，张了张嘴，没发出声音。

邓朝辉道："怎么？不敢说话了？怕反驳我被我赶出这个门？流落街头的滋味可不好受啊。"

张凯脸红了，想不出应该做出什么表情，干笑了一声。

邓朝辉道："你这个人很聪明，也很好学，脾气也还不错，其实比较适合找个靠谱的工作，老老实实去干。我估计你老婆和你说不到一块去，是她老把一些不怎么样的工作当成一个好工作。你呢，又找不到一个切实的好工作，所以你们两个之间才出现这么大的问题。"

"对对对，"张凯连声喊"对"。但是他又心有不甘，"邓哥，你觉得我真的不能创业吗？"

"创业？"邓朝辉笑了，漫不经心地打量着张凯，"一个能创业的人，不会在家里窝上几年。就算摆地摊也摆成龙了，这条路，你就死了心吧。"

张凯不禁一阵颓丧，他摸了摸脑袋："照您这么说，我岂不是个废物？"

"话不能这么讲，有些人在顺境里面就能够把事情做得很好，有些人吧，在逆境里面，他也能吃苦耐劳。你说的那种做大事的人，又能上又能下，又能顺又能逆，全北京有几个？大部分人，要么好环境里待一待，要么差环境里受一受，你还想怎么样？你在我这白吃白住这么长时间了，不是也没有想到好办法？"

"邓哥，"张凯的脸更红了，"你是什么时候看出来的？"

"我早就看出来了，"邓朝辉道，"第一次见面的时候，你穿的戴的拎的箱子全是便宜货。我那天那么介绍你，不是信了王强的鬼话，那天在的几个人都是势利眼，如果我不那么介绍你，他们连我也会看不起。"

张凯心里一阵感动："这么多天了，您也没有拆穿我。"

"我拆穿你干什么？人都有落难的时候。再说，你我有缘，要不然王强也不会把你介绍给我。只要你将来发达的那一天，不把我忘了就行了。"

"怎么会？"张凯连声道，"邓哥，你太小看我了，我不会忘记你的。"

邓朝辉冷笑一声："我还真有点小看你。说说你跟你老婆的故事吧。"

张凯不明白，邓朝辉说真有点小看他是什么意思。难道自己发达了真的会忘记邓朝辉？张凯不相信自己是这么冷漠的人。他觉得自己在这样的时候，邓朝辉还愿意帮他，真的是人间冷暖，其味自知。于是悉数说了和苹果的故事，当他说起苹果砸电脑、把他赶出家门的时候，邓朝辉连连点头："砸得好，赶得好！"当他说起苹果临出门前把一张卡给他的时候，邓朝辉的表情停滞了几秒，似乎流露出不忍的神色，过了半晌，才道，"你小子有福，遇到一个好女人。"

张凯听了这话，不禁有些得意。但嘴上却不认输："她好什么好？不都把我赶出来了？"

"你放屁！"邓朝辉道，"你不要得了便宜还卖乖，人家姑娘跟了你七年，万不得已把你赶出家门，临走还要给你一张卡，还要怎么样？你这老婆不是个傻妞，就是个老老实实、本本分分的孩子，你不要辜负了人家。"

张凯见邓朝辉脸上流露的神色非常复杂，似乎有一段难言的往事，他抓住这个机会，连声道："邓哥，那你说我现在怎么办？要不这样，我跟着你到广告界去混吧，你也说我聪明好学，我一定能学得出来。"

"你？"邓朝辉看了他一眼，"你不合适。"

"为什么？"

"你这个人缺少创意又缺少吃苦耐劳的精神，我们广告界没有那样的大锅饭让你吃。而且这个圈子，也比较复杂，讲的都是游戏精神，你这个人不行。"

"那你说我怎么办？你也说跟我有缘，又这样收留了我，总得给兄弟指条明路吧？"

"你不是在找工作吗？找得怎么样了？"

张凯一愣："您是怎么知道的？"

"你天天用我的电脑，去过哪些地方，我都很清楚。"邓朝辉笑了笑，"有什么下文吗？"

张凯垂头丧气："什么下文都没有，我不瞒您说，我都退而求其次，都次到最后了，连那种小公司的破销售，都去应聘了，一点回音都没有。"

"去小公司？"邓朝辉笑了，"谁要你啊？人家都要那种大学刚毕业的便宜货，最好试用不到三个月就滚蛋，钱花得又少，又没有什么劳保。像你这样的三十岁的男人去了，一、没有工作经验，二、要价又不低，谁敢用你？"

张凯没有说话，半晌道："那照您这样说，我不是就没有出路了吗？

"话不能这么说，"邓朝辉慢慢地道，"那也要看是什么人在指点你。"

张凯眼睛一亮："邓哥，如果你能帮我找到一份好工作，我就太感激你了。"

"这样吧，"邓朝辉道，"你先把你的简历整理出来，然后你到网上找你想干的工作。你记住，不用管那个工作，你能够得上还是够不上，只管把你想干的都列出来。"

"什么工作都行吗?"张凯问。

"什么工作都行,但你也稍微悠着点,你想当微软的总裁,就是打死我,我也没有办法。"

"行。"张凯道,"那我就这么办。"

"你先办一件事,"邓朝辉的语气严厉起来,"给我把电脑里的游戏删掉!"

"唉、唉。"张凯讪讪地道。

"《易经》打头第一句话,天行健,君子自强不息。你要是不帮你自己,我就是帮你也没用,我觉得你这个人这么多年不顺,一直在劫道上,你遇到我是你的一个机会,如果你能好好把握,就是六十道顺境的轮回。"邓朝辉把玩着手里的咖啡杯,流露出高深莫测的神色,"如果你不好好把握,再一个甲子不顺,就是整整六十年啊,我看你这辈子都没指望了。"

张凯打了一个冷战,他觉得邓朝辉这话还真有道理:"邓哥,我删,我一会儿就删,我这辈子再也不玩游戏了。"

"再也不玩游戏,你是做不到的。不过,只要你上了正轨,你就不会沉迷其中了。"

"是啊,是啊,"张凯赶紧点头,"其实我也是借酒消愁啊。"

邓朝辉冷冷一笑,没有说话。张凯深信邓朝辉关于顺境和逆境的话,他觉得自己一直不顺,真的有点倒霉,而苹果赶他出家门,他又遇到邓朝

— 203 —

辉，却是像人生的奇遇。如果这世界上真的有上帝，邓朝辉就像是他的天使。老天爷在他如此落魄的时候，给了他这样一个朋友，他再不知道珍惜，就真的是自寻死路了。

当天晚上，张凯就删了游戏。他不知如何修改自己的简历，直接发到邓朝辉的邮箱。可有了邓朝辉的话垫底，他大起胆，在网上挑起了工作。好工作不是没有，是太多了，关键是，他以前想都不敢想，看都不敢看，更不要说去找了。

张凯对着电脑想入非非。当个总裁最好，可太那个了，除非哪家公司脑子坏掉了，否则怎么也不可能请他当一把手吧。还是稍微实际一点。市场总监不行吧，他没干过市场；财务总监也不行，他没学过财务；产品总监估计要管产品设计，他根本不懂。看来看去，也只有销售总监最合适。卖什么不是卖啊。看看这些要求：有良好的沟通能力、五到十年工作经验、英语良好、吃苦耐劳、带领团队。沟通能力他还行吧，五到十年，有工作没工作，时间是够了，英语马马虎虎，谁天天说 English？吃苦谁不吃苦呀，都吃苦。只有团队他没带过，可当年上大学的时候，哪个哥们不听他招呼？要是能在大公司当个销售总监，年薪怎么也得过百万吧！那样的话，苹果还敢瞧不起他？还有她的那些同事、闺密，还有苹果她妈，肯定都对他刮目相看！

张凯把销售总监的职位，存了下来。然后又看到某杂志社招主编。主编他没干过，但他一向认为，只要是个人就能搞文学。想当初，他一个化学系学生，写的爱情小说照样在 BBS 上有超高点击率。没有这两手，他也骗不到苹果，把这位文艺女青年迷得昏天黑地。可这杂志社主编要十年以上编辑经验，还要什么硕士文凭，懂得出版与发行。但张凯没管这些事，把这个主编职位存了。还有一个是某大酒店的公关部经理，虽然张凯没做过公关，但他一向认为，他的公关能力是过硬的。虽然谈不上见人说人话，见鬼说鬼话，可真让他硬着头皮去说话，他还是有勇气的。苹果那帮报社同事，虽然知道他没工作，但每次和他出去玩，都被他逗得哈哈大笑。要不是他不挣钱，这帮人也说不出他什么。张凯不着边际地发着高职梦，自己都觉得自己在荒唐：这哪儿跟哪儿啊！这些职位如果他去投简历，肯定第一轮就被刷下来了。夜已深，他也困了，睡吧，明天还要早起，得多多少少让老邓看到状态。

第二天一早，张凯就爬起来了，象征性地在楼下花园跑了几圈，颇有闻鸡起舞的架势。等他回到家，钟点工已做好了早餐，邓朝辉看了他一眼："早啊。"

"早！"张凯响亮地回答，"邓哥。"

邓朝辉聊了几句新闻，吃罢饭便上班去了。张凯无事可做，但他答应了邓朝辉不再打游戏，便在网上东游西逛。忽然他想到邓朝辉会检查上网记录，便把所有求职网站都打开来，把无聊的网页都关掉。可这些网站他昨天夜里都逛遍了，现在看也没有什么更新。他百无聊赖，只好对着窗户发呆。窗外秋意正浓，有几棵不知名的树已经渐渐地黄了叶子。张凯的心

— 205 —

一软。他忽然想起刚认识苹果的时候,她剪着一个童花头,穿着白衬衫,皮肤光洁紧实,多有文艺女青年的范儿啊!而如今,她的头发随便扎在脑后,戴着副黑框眼镜,双颊上布满斑点。文艺还文艺,只是从女青年成了女中年。这两副模样,中间好像只隔了一眨眼的工夫。苹果就不再是昨天的苹果了。

张凯不禁有些心酸!天地良心!他是真爱苹果的,也想跟她结婚,生一个孩子,成全她对一个家的梦想。她老了有什么打紧,就算她变成文艺老年,他也爱她。他这辈子,除了对初恋女友发过情,只爱苹果一个女人。再说苹果有什么不好,苦苦地跟着他过到今天。谁叫世道艰难呢?谁叫他没本事呢?谁叫他家里没钱呢?

他有点想上网看看苹果,可一想到她赶他出门的狠劲,他就有点怨她。可怨归怨,要说苹果对他有二心,他也确实不信。他怨她是因为如果此事倒过来,苹果无事可干,在家待七年,不要说七年,就是七十年他也没意见。他绝对会养她一辈子。如今颠倒一下怎么就不行了?怎么就搞成他是一个无耻、无能、彻底混蛋的混蛋了呢?!

可见女权都是假的。平等只是为了让男人更低等。男人养女人,还是天经地义啊!张凯胡思乱想、东磨西蹭地过了一天。晚上邓朝辉没有回来,他一个人吃罢晚饭,坐在客厅看电视。过了十点,邓朝辉没回来,十二点,还是没回来。张凯想睡又有点不甘心,便靠在沙发上打盹。不知道几点钟,好像天都快亮了,邓朝辉回来了。他一边换鞋脱衣服,一边甩给他一句话:"你简历不行,得改。"

张凯一下子睡意全无:"邓哥,怎么改?"

邓朝辉看着他:"说话懂不懂?"

张凯摸不着头脑:"说话?我当然懂了,这和改简历有什么关系?"

"把好的说成不好的,把不好的说成好的,这就是说话的艺术。"邓朝辉去酒柜拿酒,叮叮当当的,一面道,"你小子,一点不开窍啊?"

张凯张着嘴,还是不明白:"邓哥,我不懂啊。"

邓朝辉看着他:"我问你,你女朋友长得漂亮不漂亮?"

"一般吧。"张凯道。

"个儿高吗?"

"高。"

"多大年龄?"

"二十九。"

"那我要问你,你女朋友怎么样,你怎么介绍?"

"二十九岁,高个儿,长得还行。"张凯道。

邓朝辉鄙夷地看了他一眼:"如果现在要你向一个时尚杂志主编,推荐你的女朋友,你怎么说?"

"时尚杂志?"张凯有点发蒙,"我得说她个儿高,身材好,虽然长得一般,但是有个性啊。"

邓朝辉点点头:"那年龄呢?"

"年龄确实大了点。"张凯这下没词了。

邓朝辉微微摇头:"如果我是你,我会告诉这个主编,如果你们想找一个常规的、漂亮的模特,你就不要来找我。但你想找一个非常具有独特气质的,在这个时代既能够平易近人,又能够代表一种突出的时代个性的模特,那你的女朋友很合适。她个子很高,身材很好,长得却不漂亮,最关键的就是她的年龄,一个二十九岁的女孩,登上时尚杂志的一组时装大片的模特,她是什么?她就像今天的平价服装,要穿出大牌的感觉一样。一个平民的姑娘,要借你们时装杂志之手,打造成模特和天后。这就是这个时代最有代表性的东西。这就像一块人民币和一万美金的差别。它们的价值,不在乎谁更多,而在于谁来用。如果用得好,一块人民币会比一万美金更超值!"

"牛×啊!"张凯一拍大腿,顿时精神百倍,"邓哥,你太了不起了!"

邓朝辉道:"如果你现在向一个外企总裁推荐你的女朋友,你怎么推?"

张凯这才明白过来,邓朝辉是在教自己。他仔细地想了想,然后道:"如果你们想招一个从大学毕业以后就在外企的从业人员,英语流利,熟悉外企的办公流程和……"

"和什么呢?"

张凯想了想道:"和各种规矩吧,那她肯定不合适。但是你们想招一个在媒体行业工作多年,熟悉媒体所有工作流程的人。而且文笔优秀,作风踏实，同时又希望借助外企这个平台更上一层楼的人，她很合适。最关键的，她进了外企，就算外企的新人，可她又有别的行业的工作经验，那是什么？"张凯说着说着，不免扬扬自得起来。他就是聪明，学东西就是一个快："外企职场老油条的经验她没有，她是新人，可是别的行业经验她又能带进来，这不是一举两得的事吗？"

邓朝辉点头笑了："你今天找了几个想干的工作？"

"三个。"

"都是什么？"

"销售总监、主编、公关部总监。"

邓朝辉点点头："那你根据这些职位去改你的简历。"

"好的，邓哥。"张凯像在夜海中航行的人突然发现了灯塔，只觉得脑海中电光石火一闪，马上明白了自己为什么不会改简历，为什么找工作一直不顺。原来这做事就和练武功一样，也需要高手指点，也需要打通任督二脉。可打通，也就是一刹那的事。

这一天晚上，张凯彻夜不眠。他按照邓朝辉向时尚杂志推荐苹果的那套思路修改自己的简历。一个职位，就是一个有针对性的简历。针对销售总监的，他就重点谈自己的几个不怎么样的工作经历中，很怎么样的"销售经验"。说白了，就是把缺点说成优点，把优点说成更优点。针对杂志社主编的，他就谈在以往的工作中，有哪些东西是和主编的要素相关联的，比如组织能力、比如文笔等。针对公关经理的，他就重点谈以往工作经历中,和人打交道的能力、开拓市场的能力、化解危机的能力。

看上去只是小小的修改,却花了张凯通宵的时间。因为他并不太了解,这些职位具体的需求,所以,每改一个简历,他都要花大量的时间,在网上搜寻销售总监、杂志主编、公关经理这三个职位,到底需要哪些条件,甚至他还看了很多这方面优秀人才在网上的介绍,个人博客和一些采访文章。

这种拨云见月式的修改简历方法,对张凯来说,就像一个奇迹。他忽然发现,他真的可以去向这些工作努力。只不过以前他不敢想,也不知道如何去想。

天亮的时候,张凯毫无困意,像打了鸡血一样兴奋。他照旧锻炼身体,陪邓朝辉吃早餐,邓朝辉照样不疼不痒地说些官话。邓朝辉上班之后,张凯害怕简历改得不够好,又在网上查找资料,仔细琢磨,连一个字都要换来换去,想上老半天。傍晚,张凯把自己认为没法再改的简历打印了出来,忐忑不安地等着邓朝辉。晚上八点半,邓朝辉回来了。他刚打开门,张凯立马跳将起来,为他拿上拖鞋,接外套,然后跑去开酒柜,倒好半杯红酒,递到他的手上。邓朝辉喝了一口酒,坐倒在沙发上:"简历改好了?"

"改好了。"张凯毕恭毕敬地递上简历。

邓朝辉仔细地翻看了一遍。然后,他慢慢地放下简历,看着张凯:"你很聪明,这一点我没看错。不过,你选的这三个职位有点高,可以调整一下。找三个这种方向的好公司,三个稍低的职位。再写一遍简历。"

张凯有些失望:"可是……可是……"

"可是什么?"邓朝辉严厉起来。

"那要从基础做起,"张凯期期艾艾地道:"那……"

"大材小用?!"邓朝辉冷哼了一声。

张凯见他脸色不好,忙解释道:"我不是那个意思,就是这么一说。"

邓朝辉站了起来:"你不要小看了基础工作,有时候,基础是一个最高标准。"

"我没有小看,我是说基础没有难度,"张凯继续赔笑,"没有难度就没有动力嘛。"

邓朝辉不禁冷笑:"是吗?可如果我不教你,你连一份简历都写不好。"

张凯立马收了声。他暗自想,果然是人在屋檐下,不得不低头。邓朝辉如此轻视自己,他又能怎么样呢?幸好这是邓朝辉,要是苹果,还不定怎么吵架呢。还是先忍一忍,找到工作以后再说吧。他笑了笑道:"邓哥,我听您的,您说怎么办我就怎么办。"

"做人既要懂得变通,又要能脚踏实地,这才是最根本的。"邓朝辉见他面色复杂,不禁暗自摇头,此人天性凉薄,又不肯吃苦,可居然还有女人愿意不离不弃地跟着他,可见人世间的事情,都是说不清楚的。他语重心长地道:"只有孙悟空才好高骛远,自以为翻个筋斗云就能当天上的皇帝,结果呢,白白受了五百年的苦。"

张凯没有再反驳。邓朝辉道:"你按照这三个职位的方向去找公司。每一个职位方向找十家公司,要最好的。"

"是是,您放心。"张凯连连点头,"找最好的!"说到这,他又有一点信心不足,"邓哥,最好是多好?"

邓朝辉一边懒洋洋地往楼上走,一边道:"没有更好,只有最好,你自己看着办吧。"

没有更好,只有最好?张凯思量了一会儿,回到房间开始在网上搜索。以往找工作,他只敢比较公司用人的条件,而且条件越低越好。他生怕自己够不上别人定的一条一款。今天却反了,他是比较这些公司:这一家不错吧?世界五百强了,可那一家更好,世界五百强中的前一百强,可还有更好的,前一百强里还有前十强呢。张凯一面搜索一面觉得真是太过瘾了!足以把他几年找工作的怨气一扫而空。这种兴奋感持续刺激着他,他又熬到大半夜,勉强小睡了一会儿,便又起来锻炼身体。吃罢早饭,他列出了三十家公司,然后,他根据列出的三十家公司,挨个在网上搜索这些公司的背景资料,了解他们的企业文化,甚至公司有哪些八卦新闻等等,凭直觉,他觉得邓朝辉一定会问他这些。这样忙忙碌碌,一天眨眼就过去了。

晚上,邓朝辉没有回来,十点钟给家里打了一个电话,阿姨接的电话，转告张凯说邓先生今天不回家了，让他自己方便。张凯有些失落，但要了解三十家公司，并把所有的资料全部背清，也挺花时间的。他顾不上邓朝辉，仔细地做着工作。第二天一早吃完早饭，张凯觉得有些困倦，便靠在沙发上小睡了一会儿，蒙蒙眬眬间，突然听见阿姨在说话，他眼睛一睁，便看见了邓朝辉。邓朝辉脸色有些惨白，似乎很不舒服，张凯吓了一跳："邓哥，你没事吧？"

"我没事。"邓朝辉坐下来，看着他，"你准备得怎么样了？"

"我一共找到了三十家公司。"张凯侃侃而谈，"而且每家公司我都做了资料的搜集和整理工作，不敢说我很了解他们，至少也是非常清楚的。"

邓朝辉点点头："行，那你根据这三十家公司再去改简历吧。"

啊！张凯一愣，这才明白过来，邓朝辉为什么叫他这样一步一步找工作。他转身要走，忽然觉得邓朝辉神色有异，便问："邓哥，你真的没事？"

"我没事，"邓朝辉道，"就是太累了，我要睡一会儿，没事别来打扰我。"

张凯点点头，回到自己的房间坐下，开始继续修改简历。这次修改是三十份简历，非常花时间，但是由于了解了职位的特性，又掌握了公司的背景资料，张凯的修改还是很顺利的。午饭时间，阿姨把饭送给他，说是邓先生交代的，让他不用出来了。张凯便在房里吃饭、干活。大约下午三点多钟，他觉得有些闷，想找邓朝辉说些闲话，便出了房间，朝邓朝辉的卧室走去。

邓朝辉的卧室在二楼，紧邻影音室，有时他晚上失眠，便躺在影音室看电影。张凯走到影音室门前，见里面放着一部电影，但是，荧幕对面的靠椅上空无一人，而且电影调的是无声状态。他有些奇怪，便又朝里走。他走到邓朝辉的门前，刚要敲门，突然听见里面有奇怪的声音，张凯一愣，再仔细一听，天啊！他没有听错吧，好像是哭声，而且是邓朝辉的哭声！张凯又听了几秒，没有错，确定是邓朝辉在哭！他想敲门问问怎么了，可转念一想，一个男人哭，肯定有什么伤心事，可这时候，他最怕被别人看见或者听见。尤其是像邓朝辉这样的男人。他还要靠着他找工作，可不能让他知道自己发现了他软弱无力的一面。

想到这儿，张凯赶紧转过身，蹑手蹑脚地下了楼。

张凯回到房间，坐在电脑前，却无心工作。邓朝辉居然也有伤心事？！一个男人仪表堂堂，又有钱又有工作，虽然没有女人，但张凯想，他一定不会缺女人。怎么还会大白天躲在家里痛哭流涕呢？张凯吓得一个下午没有出房间。到了晚饭时候，邓朝辉神色如常地叫他吃饭，吃饭的时候又是喝酒又是聊天，似乎没有任何异常。张凯更是装着不知。邓朝辉问他的简历改得怎么样了，张凯说改出了十几家。邓朝辉满意地点点头："现在不着急，要一家一家仔细改，改完了再说。"

张凯心领神会，连连点头。第二天晚上，张凯把修改好的三十份简历交给了邓朝辉。邓朝辉说要仔细地看看，连打开也没打开，便往旁边一放。张凯一愣："邓哥，那你什么时候能看完？"

"几天吧。"

"哦，"张凯有些迷茫，"那我接下来干什么？"

邓朝辉从皮夹里掏出一沓钱，递给张凯："你去请女朋友吃饭、喝茶，顺便告诉她，你在哪，免得她担心。"

"苹果？"张凯想伸手接，立即又收了回来，"她把我赶出来，也不关心我的死活，我还去请她吃饭，不去！"

"这事错在你，"邓朝辉脸色一沉，"你赶紧去找她。这几天我比较忙，没有精力管你。"

"是。"张凯连忙接过来，"谢谢你！邓哥。"

有了现金，张凯这才想起，自己手上还有一张可以透支几千块钱的信用卡。联系苹果未尝不可，可是这个联系能有什么结果？他还是一个没有工作的男人。张凯给手机配了个充电器，然后冲上电，充了一百块电话费。他拿着手机犹豫良久，给苹果发了一条短信：你还好吗？

苹果呆呆地看着屏幕上的那条信息，只有简单的四个字：你还好吗？这说明了什么？他还牵挂着她，他还想着她。可他自从出了这个门就一直没有跟她联系，不知吃住在哪，也没有回过家来。苹果每天都去查张凯的信用卡，信用卡没有动一分钱。这让苹果非常难受，难道说张凯身上一直留着现金？或者他身上还有别的存款可以动？和他恋爱七年，苹果觉得最

— 215 —

大的收益就是两个人之间的那种信任，她从来没有瞒着张凯她的收入和存款，她相信张凯也不会因为这种事情去骗她。

七年的时间，让苹果和张凯的朋友都成了共同的朋友，可是所有的人都告诉苹果没有看到张凯，张凯从来没去找过他们。这让苹果觉得张凯在他们的生活之外还有另外的秘密，这秘密到底关系着钱还是关系着其他的女人？苹果不得而知。她唯一知道的是张凯离开了她还有地方可去，既然有地方可去，为什么要赖了她七年？既然有地方可去，为什么要等到她把他扫地出门之后他才去那个地方？

苹果心里难受极了，最初张凯离开后的清净与清爽，也逐渐地在日复一日的生活中转化成一种寂寞与孤独。苹果这才发现，历经七年的岁月，除了那几个偶尔一起吃吃饭，一年聚会几次的朋友，她在北京几乎没有什么人可以轻易接触。没有女朋友可以一起逛街、泡吧、吃饭，没有女朋友可以一起看电影。单位的同事基本都成了家，晚上除了赶稿就是赶回家陪小孩。新来的那些二十出头的小姑娘们似乎和她也格格不入，讨论的话题不一样，对衣服的审美不一样，玩也玩不到一起去。而且报社的工作都是晚出晚归。说实话，每天下班都是半夜，确实也不需要玩什么。可以前不管多晚回到家，家里总归有个人在，如今只剩下苹果一个人，苹果赫然地发现多一个人和少一个人的区别还是很大很大的。

难道爱情与婚姻的目的，就是为了多出那一个人吗？

苹果开始失眠。她打发不掉这份孤独，耐不住这份寂寞，加上心里又担心着张凯,而且随着张凯消失的时间越来越久,她越来越怀疑,张凯在和自己的这段时间,就和别的女人在相处。要不然为什么一直不愿意跟她结婚?为什么一直不愿意好好工作?为什么不愿意买房买车?之前的经济所迫和不求上进,到如今变成了劈腿和上当受骗,这让苹果极其纠结,根本不知道要如何处理自己的情绪。白天上班还好,下了班就没着没落的。苹果在天涯发了一个帖,把自己和张凯这几年的感情林林总总地说了一遍,由于她文字通畅,故事叙述得还算清楚,跟帖一层楼一层楼地往上加,有人劝她学瑜伽,有人劝她养一条狗,有人说张凯早就劈腿了,还有人说这种人走了也没有什么可惜。也有人说苹果做得太过分了,七年的感情说放就放。苹果开始写那个帖子,看大家的回帖还很有意思,后来就不敢再去上了,觉得那个帖子是自己戳在自己心上的一把刀。而且那些回帖说得五花八门,却没有一个能让自己从烦恼中解脱出来。

原来,她用了七年的岁月,把张凯变成了她唯一的朋友和亲人。苹果心力交瘁,看着电脑,怎么也没有办法平静下来,她终于忍不住给张凯回了一条短信,还好。但两个字迟迟没有显示能够发出去,过了半个小时,苹果见短信一直没有显示发送成功,便试着用座机给张凯打了一个电话。"你所拨打的电话已关机"!苹果一阵心寒,立即把电话挂断了。他这是什么意思?失踪了这么些天,不疼不痒地发一个短信,接着又把手机关上了,可见这个男人是没有良心的。苹果想到这,再也忍不住委屈,眼泪刷唰地流了下来。

张凯的心情没有苹果那么复杂,他发出短信后等了十分钟,见没有回信,便生气地关了机。都说女人变了心就不可能挽回,果然是如此啊。男人活着,只要有事业,什么样的女人找不到?既然苹果不理自己,不如趁这个时间,好好地办工作的事情。

张凯出了门,到最近的地铁站办了一张公交卡。然后他每天出门,挨着个在北京城把这三十家公司跑了一遍。其实说跑也不能算跑,因为有些公司他根本进不去,但他至少侦查一下地理位置,处在多少层楼,感觉一下这些公司里的人进进出出的感觉。这样一来,他还真的增加了感性认识。有几家公司的办公环境还是很吸引张凯的,尤其有一家公司他去的时候,正值午饭时间,他觉得那些人都精神饱满,衣着光鲜,让他很希望成为其中的一员。

在这么大的北京跑三十家公司,一周时间就像眨个眼睛一样,张凯觉得自己还没有跑完,时间便过去了。而邓朝辉在这一周期间都没有回来。张凯打过他一次手机,但手机关机。张凯这才想起,他并不知道他在哪里工作,也不知道他单位的电话,他对他的了解,仅限于晚上的聊天和这座公寓——他还真是个神秘人物。

这天张凯又在外面跑了一天,晚上一回家,便看见邓朝辉坐在沙发上。他穿着真丝睡袍,嘴里叼着雪茄,手里端着红酒,神态悠闲,怡然自得,好像他这辈子都没有离开过这张沙发。

"邓哥!"张凯欣喜地道,"你回来了?"

"我回来了。"邓朝辉道,"你怎么样了?"

"不错,"张凯道,"三十家公司基本上都跑完了。"

邓朝辉闻言一愣,有些惊异地打量了他一眼:"你小子还真行啊,我让你找女朋友缓和一下关系,你却去蹲点了。"

"未立业,何来家?"张凯随口道,"我也想了,等我把工作搞定了,我再去找她,踏踏实实地给她一个家。"

"哦,"邓朝辉打量了他一眼,慢慢地道,"这样也好,也算男人该干的事情。怎么样?这三十家公司你想好应聘哪一家了吗?"

"我想都试试。"张凯道。

"行,"邓朝辉点点头,"你的三十份简历我已经帮你修改好了,在电脑里,你自己看一看,然后开始投简历。"

"谢谢邓哥!"张凯听了,恨不得立刻就回到电脑旁,但是屁股却坐了下来,"邓哥,出差了一周,很辛苦吧?"

邓朝辉瞄了他一眼:"想去看就去看,我想在这清静一会。"

张凯哑口无言,他也不知道为什么,自己在邓朝辉面前会像个透明人一样。他期期艾艾地回到房间,立刻打开电脑,果然这三十份简历都被修改过,并且有的还被标注过,为什么要这么修改。

果然是点石成金,经他这么一改,张凯觉得自己并不是一无是处,还是有很多优点的,而且有些优点,说得他自己都很动心。他按照这三十份简历,有的放矢地给这三十家公司分别投递了出去。他正投着,冷不防邓朝辉敲门走了进来。

"邓哥,有什么指示?"张凯毕恭毕敬地道。

"一次投肯定没有效果,记着今天投明天再投,至少投一个星期。"

"我明白。"

"这是第一轮,"邓朝辉嘴角一挑,微笑着道,"就看你能拿下几家了。"

张凯看了他一眼,觉得他此时的表情就像一个游戏高手在玩一个简单的游戏,既好玩又充满创意。他不禁想,原来自己不过是他棋盘上的一颗棋子,他虽然收留了自己,但自己也确实提供给他一种玩乐的机会。

邓朝辉又道:"你的手机恢复了吗?"

"恢复了。"

邓朝辉点点头:"如果有人打电话通知你面试,记住,不要答应他的时间,要改一个时间。"

张凯一愣:"为什么?"

"不为什么,显得你很忙,显得你很有机会。"

张凯深以为意,连连点头。在他一周的简历攻势之下,果然,有六家企业打电话和他预约面试,其中有一家是杂志社,两家酒店,另外的三家都是需要企业销售。张凯也依着邓朝辉所言,没有确定他们第一时间约定的面试时间,而是改了一次时间。邓朝辉又和他碰头分析,觉得既然三个行业回应的三个比例,说明了张凯在销售这个领域是最有吸引力的。而且这三家公司背景相似,那就说明了他们对人的专业的水平要求并不是特别高,而对人的主观能动性和沟通能力,以及敢打敢拼的要求是相当高的。因为这三家企业的简历,邓朝辉都曾经修改过,觉得这三封简历所体现出来的特点,都是这些。那么看来,张凯在这条线上大做文章是最有可能的了。邓朝辉让张凯去感受这三家公司的资料,并询问他,他对哪一家公司最感兴趣。张凯说出了其中一家,邓朝辉便把这家排在了最后,让张凯先约定前两家公司的面试时间。他让张凯记住,第一要感受,第二要学习。面试也是一种技巧,需要靠自己的努力掌握其中的关键。

二人计议已定,邓朝辉这才问张凯:"你穿什么衣服去?"

"衣服?"张凯想了想,"我箱子里有套西服。"

"拿出来我看看。"

张凯走到箱边,从箱子里扒拉出自己的西装,这西服还是两年前陪苹果回南方见她爸妈的时候买的,旧是旧了点,可也没怎么穿,看样子还是比较新的。张凯把那件皱皱巴巴的西服披在身上,用手使劲地拽了拽下摆,努力地把它拽得整齐一点。

邓朝辉的眉头皱了皱,似乎很厌恶,他向后退了退:"这就是西服啊?"

"是啊,怎么?颜色不好看?"

邓朝辉似乎惨不忍睹:"赶紧脱了,赶紧脱了!"

张凯嘿嘿笑了:"主要是我这些日子放在箱子里弄皱了,我拿出去干洗干洗，还是很新的。"

邓朝辉长叹一声："我问你，你身上有多少钱？"

"钱？"张凯有些不好意思："没，没多少钱。"

"回答我，有多少钱？"

"还有六百多块钱现金吧。"

"卡呢？"

"卡，最多还能透支四千多块钱。"

邓朝辉想了想，从抽屉里翻出一沓信纸和一支笔："写。"

张凯不知道要写什么，却一屁股坐下来，拿起笔，然后看着邓朝辉。

邓朝辉念道："借条。"

"借条？"张凯吓了一跳，"邓哥，写什么借条？"

"你还怕我吃了你不成？写。"

张凯心里毛毛的，但又怕邓朝辉翻脸，赶紧一边听邓朝辉叙述，一面写：今张凯向邓朝辉借人民币一万元整。在张凯找到工作后一年之内还清，没有利息。借款人，张凯。

张凯放下笔，看着邓朝辉："邓哥，你借给我一万块钱干什么？"

邓朝辉道："让你去买衣服。"

"买衣服？"张凯道，"没必要吧？我这些衣服都还不错，只要洗洗，挺好的。"

邓朝辉挥挥手："别给我废话，明天我就带你去买，你记住我只给你买一万块钱左右的衣服。"

张凯有些头疼："邓哥，太贵了！"

邓朝辉眼睛一瞪，闪出一道寒光："我不是写了吗？工作找到了你再还我。"

"哎哟，哎哟，邓哥，您别生气，我不是怕您白花钱吗？"

"我不白花钱，"邓朝辉冷笑道，"我有自己的目的。"

张凯一愣，看着邓朝辉，这时一个沉在他心中已久的问题浮了上来："邓哥，我能问你一个问题吗？"

"什么？"

张凯想问他为什么帮自己，但是看着邓朝辉张了张嘴，没敢问出来。

"你想问我为什么帮你？"邓朝辉扫了他一眼，道。

张凯点点头。

"不为什么，"邓朝辉微微叹了口气，"我只是觉得这世界本是一场游戏，"他看着张凯，嘴角浮现出一丝冷笑，"你在虚拟世界中玩游戏，我在现实世界中玩游戏，本质上没有区别。"

张凯又是一愣，觉得邓朝辉这话，闻所未闻，却似有悟道的感觉。他玩网络游戏这么久了，怎么就没觉得和现实世界有什么关系？他看着邓朝辉华服雪茄，红酒大房子，这是典型的成功人士，或许只有这样的人才能理解吧。邓朝辉冷冷地打量着他，忽然又道："总有一天你会明白，游戏没有意思。"

张凯望着他，呆呆地问："那什么有意思？"

"有意思的不在游戏当中。"邓朝辉说完这句话转身就走，走了两步又转过头来，看着张凯，"也许你这辈子都不会懂的，还是先学学怎么玩游戏吧。"说完，他关上门走了出去，把张凯一个人留在了房间。

张凯跌坐在床上，很久都没有挪动。整个晚上，他都在琢磨邓朝辉的话：网络游戏和现实世界到底有什么关系？思来想后，他得出了结论：邓朝辉一定没有玩过网游。网游世界虽然丰富，但很多规则都是事先规定好的，现实生活虽然也有规则，可是千变万化。控制一个网络游戏当中的人，比和现实中的一个人打交道容易多了。

能把现实世界比成网络游戏，这才是高手中的高手啊！张凯不得不服。

第二天，邓朝辉果然带他去买衣服，二人去的都是最好的专卖店。张凯买了一套打折的西服，花了九千八，剩下的钱，只好刷卡买了一件两千多的衬衫和一条一千多的领带。这让张凯花钱花得心疼啊，长这么大，他还是第一次花这么多钱买衣服。不要说他了，就是当年给苹果买一件一千八的大衣，两个人买六千八的电脑都是咬着牙买的。而且不知下多少次决心，看了多少次，才做了决定。哪有像这样，走过来一拿，往身上一比试，就埋了单呢？

心着实痛！可张凯又觉得有一点着实的痛快。痛并快乐着，大概就是这个感觉。而且张凯不得不承认，这些衣服穿在他的身上，确实让他显得与众不同。邓朝辉提着西服的下摆对张凯道:"你知道这些衣服为什么这么贵吗?"

张凯摇摇头。

邓朝辉道:"第一,确实质量好。但质量再好,也不值这么多钱。"

"那你还叫我买?"张凯一下尖叫起来,"您这不是……?"

邓朝辉拍了他一下,示意叫他小声。邓朝辉接着道:"但你花钱买的不是一件衣服。"

"那是什么?"

"是自信!"

"自信?!"

"对!"邓朝辉道,"它能证明,你在这个世界上有能力挣到这么多钱,穿这么贵的衣服。"说完,邓朝辉转身就走,张凯连忙跟上。邓朝辉边走边道,"都说女人最好的化妆品是自信心,其实对男人也一样。没有自信,人什么都不是。"

张凯默默地跟着邓朝辉大踏步地朝前走,他越走,觉得脚步越有力量。是啊,不就是一万块钱一套的西服吗?如果他能找到那些好工作,如果他能干上那些好职业,他也能买得起,他也能这样消费。这就是人生。他突然领会到一点邓朝辉说的现实世界也是游戏的含义。

一个漂亮的女孩从他们身边路过,扫了张凯一眼。张凯顿时觉得气往上一提。他瞄了她一眼,如果他能挣到这么多钱,这样的女孩也不是问题吧。

邓朝辉突然停了停，眼睛看着别处："对女人来说，男人也是一场游戏。不打游戏的女人只有两种，自信心超强的和特别单纯的。前者不好驾驭，除非她自己愿意，你根本搞不定她。后者可遇不可求，除非她真的爱你，否则她什么也做不了。"

张凯不敢接腔，他感觉邓朝辉似乎能洞悉他的心理。心想这人太神了，难道我想什么他都知道？想到这儿，他什么也不敢多想。邓朝辉也没有再说话，二人一起回了家。

名牌西服、衬衫和领带挂在张凯的房间里。说实话，张凯太爱这套衣服了。那套深灰色的双排扣西服就好像为他量身定做的，穿在身上显得他格外修长，把他略瘦的身形掩饰得恰到好处。至于灰蓝色的衬衫就更不用说了，质地柔软，但视觉效果却分外挺括。再配上那条蓝中带一点紫色小亮点的领带，张凯觉得他不仅风度翩翩，而且还有点玉树临风的味道。他满心欢喜地等待着面试，但是邓朝辉却不让他好好休息，更不让他好好准备，明明离面试只有三天的时间了，他却天天拉着他在酒店大堂喝咖啡或者去京城的顶级俱乐部吃饭、聊天。而且一律要求张凯穿着新西服去。一来张凯觉得去的那些地方也高级，需要衣服衬托一下；二来也有邓朝辉的那些朋友在场，自己穿得太差邓哥也没有面子。可是张凯着实心疼自己的衣服，万一吃饭喝酒的时候弄脏了一点，这好好的一套衣服就毁了。但他也不敢驳邓朝辉的面子，只好陪着他去各种场合。白天谈完了晚上谈，晚上谈完了第二天接着聊。张凯觉得邓朝辉的朋友各行各业都有，就这几天已经见识了好几个什么总经理、总监一类的人。每次聊起来，他也插不上话，就是坐在旁边。邓朝辉则对外一律介绍说他是他的一个朋友，到北京小住。众人便也不以为意，只是谈他们的。

第三天晚上，张凯心急如焚，他一面想着第二天九点的面试，一面不时偷偷地看着手机。到了十一点，邓朝辉终于说要回家了。张凯心头一块石头落了地，连忙跟着他往回走。二人进了家门，已经快十二点了。邓朝辉一面换鞋一面问："新衣服的感觉怎么样啊？"

"挺好、挺好！"张凯一面回答，一面用手掸着胸口、前襟和后背，生怕在外面蹭了什么东西回来。

"别掸了，人穿着新衣服会不自在，衣服穿旧了才像自己的。"

张凯一愣，连忙笑了，"邓哥，那你带我出去就是为了让我适应这套衣服？"

邓朝辉摇摇头："人的自信是培养出来的，你明天去见的这帮大公司的人，什么样的人没有见过？他们虽然各个都很一般，但是一屁股坐在大公司的位置上，都自我感觉良好。你没有很好的自信是架不住的。我这两天带你去玩，就是让你养成这种感觉。别觉得公司大，好的酒店和俱乐部你是天天去的。"

张凯闻言一愣，也确实觉得几天酒店泡下来，感觉有些不一样。"邓哥，"张凯一时不知道该说什么好，"太谢谢你了！"

"没有必要,我不是说了吗,这是你的运,和我没关系。"

"那我明天去还需要注意什么?"

邓朝辉摇摇头:"什么都不需要注意,你只需要注意两个字,自信,自信再自信。"

张凯点点头。邓朝辉道:"要直视他们的眼睛,用自信压倒一切。"

张凯感激地点点头。

邓朝辉拍了他一下:"行了,兄弟,去睡吧,明天起个大早。还有,我的车会送你去。"

"不用,邓哥,"张凯道,"这哪行啊?"

"哎,"邓朝辉挥手打断了他的话,"你只要记住自信就好了,别的不用多管。"

这对张凯来说,真是人生全新的一夜,他把西服、衬衫和领带小心地挂在衣柜里,把电脑包收拾好,然后躺在床上,逼着自己休息。开始他翻来覆去,真的有点睡不着,就像一个战士,第二天要上战场冲锋陷阵,既幸福又有点紧张,既紧张又兴奋,但时间一长,他就觉得这样不行,会影响明天的面试。好不容易蒙蒙胧胧睡了一会儿,手机的定时响了。他一个鲤鱼打挺,冲到洗手间梳洗,然后换好衣服,打好领带,之后提着电脑包走出房间。一走到客厅就愣住了,邓朝辉已经穿戴整齐坐在客厅,而阿姨蹲在门口,正在给张凯擦皮鞋。张凯脸上一红,自己百密一疏,皮鞋忘记了。

邓朝辉说："起来了？快来吃早餐。"

两个人仍然不痛不痒地边吃饭边聊着新闻、时政，聊了一会儿，邓朝辉道："不早了，我们出发吧。"

张凯提着包，跟着他走到了楼下，邓朝辉的奔驰已经停在门前，"你上车吧。"邓朝辉道。

张凯一愣："邓哥，你不上车？"

"今天上午是以你为主，"张凯道，"我自己去打车。"

"那怎么行？"张凯急了。

"你不用管我，我送了你再去就迟到了。"邓朝辉道。

张凯说："那我打车吧？"

邓朝辉面色一冷："叫你上车就上车，大男人磨叽什么？"

张凯不好再推，转身上了车。司机朝他礼貌地点了点头："张先生，我们现在去海旺公司吗？"

张凯点点头。

司机不出声地启动了车子，稳稳地朝小区门口驶去，张凯不禁回过头看了一眼，只见邓朝辉正慢慢地踱着步，在后面跟着。

张凯心中一热，不管邓朝辉出于什么目的帮他，这样的朋友此生难求啊。他坐在车子上，心中万分感激。

此时，司机问他："张先生，你想听音乐还是听广播？"

张凯道："听广播。"

司机打开了一个广播，张凯又道："听一听有什么新闻吧？"

司机笑了："这就是新闻台，我们邓先生最喜欢了。"

张凯沉默了，司机也没有说话。张凯听着新闻的声音在车内流淌着，不觉有一种肃穆的感觉从脚下缓缓升起。这样的生活，才是他要的。在这个瞬间，他忽然觉得，他不是去面试，而是去接管一家公司；他不是要面对诸多人的挑战，而是王者一出，无人可以争锋。邓朝辉的房子、车子甚至他身上穿的这套衣服，与生俱来就是他的，不是暂住也不是暂借，是他只要努力就可以创造出来的财富。

奔驰车缓缓地驶到海旺大厦的楼下，司机下了车，提前为张凯打开车门。张凯抬脚踩在了地上，好像踩到了自己的人生。他酷酷地向司机点了点头，那意思是谢谢！接着便提着包转身朝海旺大厦的门内走。来来往往都是些上班的人，他们不觉侧目打量着张凯，是啊，一个坐着高级奔驰轿车的人，一个穿着高档衣服的人，一个外表冷峻又自信的男人，他不是已经三十岁，而是刚刚三十岁——前途无可限量。

张凯坐电梯上到了海旺公司的人事部所在的楼层，今天和他一起面试的有不少人，男生居多，也有几个女生。张凯自己也不知道自己是怎么了，他觉得自己往那一坐，举手投足之间便有一种优越感。他明显能感觉到其中有两个女生向自己投来青睐的目光。他扬扬自得，觉得自己很是潇洒。跟左边的人攀谈几句，又跟右边的人攀谈几句，似乎所有来的人当中，只有他最怡然自得毫不紧张。不一会儿，有一个年轻的女生走出来，可能是个人事助理,叫着张凯的名字,张凯朝她微笑着点了点头,跟着她走了进去。只见五个人呈一字排开坐在会议室中。张凯微笑着直视着他们的眼睛,逐一向他们点了点头,那五个人本来对张凯的简历觉得既好又不好,因为说它好确实写得很是动人,而且里面有一些优点很符合公司的需要。说它不好也就是一个学化学的本科毕业生也没有在什么特别好的公司中工作过,似乎还有一两年赋闲在家。可众人一见到张凯,不觉眼前一亮,好一个风度翩翩的小伙子!

张凯在他们面前款款落座,对他们提的每一个问题,都给予了合理、流利的回答,这回答的流利连他自己都觉得惊讶,而且他自己也觉得在回答的语气当中,已经不知不觉地带上了邓朝辉的口吻。十五分钟的交谈,很快结束了,五个人点了点头,张凯站起身,礼貌地告辞出去。人事助理送他出来,张凯笑问:"我答得怎么样?"

女生也乐了:"答得不错啊。"

张凯抬脚要走,忽听女生道:"虽然你的简历是最差的,不过我看你的回答是最好的呢。"

张凯闻言一愣,看了她一眼:"哦?他们都比我好?"

"那当然,"女生笑道,"这几个个个都是硕士博士,还有两个是海外归来的MBA。"

张凯笑了笑:"有句话怎么说的?英雄不问出处嘛,何况做销售最重要的是卖东西,不是卖学历。"

女生扑哧乐了。

张凯深深地看了她一眼：突然加重了语气："相信我们还会见面的！"女生微微一怔，脸不觉红了。张凯说完便走，感到那个女生的眼睛一直追随着自己。他走出了公司大门，猛转了个弯，便停住了，吐出长长的一口气。他觉得腿还有点发颤，腰也有点麻。他不知道自己哪来的这股劲，像极了邓朝辉穿着真丝睡袍，拿着雪茄、红酒的样子。都说近朱者赤，近墨者黑，现在看来果然是不错的。张凯觉得自己真的很自信，而且这股自信真的是被邓朝辉用前期的修改简历、收集公司资料以及后期的服装、五星级酒店等等给熏出来、给架起来的。他有一种直觉，这次的面试有戏。

张凯不知自己的首战是否告捷，但他人生第一次爱上了面试这样的游戏，接下来的面试几乎毫无悬念，他每到一家都是自信满满，口若悬河。甚至有一家公司人事部的人还把一个猎头的电话给了他，他觉得张凯虽然不合适自己的公司，但确实是一个人才，值得找猎头去卖一卖。张凯暗暗好笑，忙于穿梭在北京的大公司、大酒店以及杂志社的办公楼里。每一次他去面试，邓朝辉必派奔驰跟着他，好像那车就是张凯的底气，有了它张凯就无往而不胜。

这一天，张凯完成了最后一个面试，坐在车上，他不禁有些虚脱，第一轮的仗就算打完了，他还不知道结果。但不管怎么样，已经打下了一圈，他忽然灵机一动，对司机道："走，我们去三环。"

司机没有发问，只是默默地开着车，根据张凯的指示，他把车开到了苹果工作的报社的楼下。张凯有点想下车，但又有点不好意思。此时，是午饭时间，如果遇到了苹果，他怎么说呢？如果苹果来问他，他又怎么说呢？但他终究有点忍不住，想看一眼苹果，便让司机靠边停了车，走到了大厦楼下，他正犹豫要不要进去，突然看见苹果的几个女同事，从里面走了出来，说时迟那时快，张凯连忙转过身，并朝外走。不知道她们有没有发现他，他快步走到奔驰车旁，拉开门，钻进了车内。吩咐司机赶紧开车，车一溜烟地开出了那座大厦，把张凯送回了家。

张凯打开门，像虚脱了一般，躺在自己的床上，一种久违的虚弱和无力感顿时抓住了他，他忽然有点明白邓朝辉在房间里哭泣的感受，这感觉就和他下了网络游戏的感觉没什么两样，没有游戏打难受，游戏打完了也没什么带劲的事情。

这是张凯离开家两个月又十天了。苹果的生活越来越平淡。一个人短暂的清静与快乐，逐渐地变成寂寞和无奈。有人吧，你觉得烦，一个人吧，也觉得烦，生活什么时候能够不烦呢？苹果正在赶稿子，突然几个女同事走了过来，"苹果。"一位大姐道，"我刚才看见你们家张凯了。"

"是吗？"苹果一惊，继而一喜，"他？他在哪啊？"

"他在楼下，是不是来接你的？"

"哦，"苹果答应了一声，"可能吧。"她到今天为止还没有告诉同事和朋友，他和张凯分手的消息，因为她实在不能确定，他们这样是否就算分手了，是否就算永远地分开了。

"你们家张凯真奇怪,"那位大姐又道,"看见我们扭头就跑。"

"是啊,"另一位大姐道,"他穿得可光鲜了,还开着奔驰车。"

"穿着光鲜,奔驰车?"苹果不禁苦笑了一声,"你们肯定眼睛花了吧?那肯定不是我们家张凯。"话音一落,苹果自己都愣了,这句我们家张凯说得多顺啊,就好像这个人从来没有离开过。

"真的,真的,"同事们众口一词,"真的是他。"一位年轻的女孩还打趣道:"苹果姐姐,你是不是嫁了一个金龟婿,怕我们不高兴,瞒着我们啊?穿那么好的衣服,开那么好的车,原来他平时都是装的啊。"

"你以为生活是演电视剧啊?"苹果又苦笑道,"别胡扯了,不可能的事情。你们快点走吧,我还要赶稿呢。"

众人说笑几声,便各自散了,独剩下苹果一人,孤坐在办公桌旁。她写不了稿,也聚不了神,拿起电话想给张凯打电话,可又下不了决心。想给他发个短信,又不知如何说。看看 MSN 与 QQ,全部是脱机状态。苹果愣了半天,还是忍不住在 MSN 上给张凯留了一句言:"你现在过得好吗?"但是苹果久久没有收到回音。

第一轮战役打下来,张凯的成绩相当不错,有五家公司给他安排了第二轮的面试。邓朝辉也颇为意外,为此,他特地请张凯在外面吃了一顿,以示庆贺。但是张凯却觉得有些失落,因为他最喜欢的那家公司并没有看上他。但邓朝辉觉得,三家企业里面他成功了两家,说明张凯在这方面还是有竞争实力的。至于另外一家酒店和杂志社,邓朝辉的直觉是他们不会录用张凯,但是又觉得张凯不错,所以才会给他这个机会。他劝张凯把精力集中到这两家大企业销售的职位上,继续一轮的跟进。而且尽量在面试的时候,从方方面面收集信息,了解公司的意图,尽量多听、多问,轮到他发言的时候,一定要出彩,不要出差错。

果然不出邓朝辉所料,第二轮的面试结束后,一家杂志社和一家酒店,都把张凯刷了下来,但那两家大企业,张凯依然还在。

在等第二轮面试期间,张凯开始和邓朝辉出入各种场合。邓朝辉非常忙碌,经常一个晚上要赶三四个饭局,俗称"转台"。赶完饭局之后,还要去酒吧或者夜总会。张凯见到了传说中的各行各业的精英们,那些他曾经在媒体上见过的公司总裁,或者围绕在那些场合里的漂亮女人:模特、小歌星和各种公司的高级女白领。在张凯看来,那些人组成的气场就像一个欲望球,每个人无限膨胀的欲望加在一起,就凝聚成一种生活。这种生活让张凯无限地向往。同时,也勾起了张凯对和苹果在一起生活的那种眷恋。

张凯很奇怪,自己刚住到邓朝辉家的那段时间,他怎么会有空天天晚上陪着自己聊天呢?某一天晚上,邓朝辉喝多了,张凯开车和他回家,他忍不住问:"邓哥,你平常都是这么过吗?"

"嗯。"邓朝辉哼了一声,闭着眼睛,皱着眉头,似乎很难受。

"我来的时候,也没见你这么忙啊?"张凯笑道。

"嗯。"邓朝辉没有回答,在车里侧了侧身。张凯不好再问,便闭上嘴。邓朝辉突然问,"你觉得这样的生活有意思吗?"

"有意思啊,为什么没意思?"张凯惊讶地问。

邓朝辉吐出一口酒气,忽然问:"你看巴尔扎克吗?"

"巴尔扎克?"张凯在脑子里搜索了一下,半天才想起来,这好像是某个作家的名字,他愣了愣道,"看过。"

"巴尔扎克写的就是我的生活。"

张凯答不上话,只能笑了两声。邓朝辉道:"你觉得这样的生活有意思还是跟你老婆过有意思?"

"怎么说呢?"张凯认真地想了想,"这生活吧,就得这么过。但是老婆也不能少啊。"

邓朝辉又侧了侧身:"你老是拖着不找她,不怕她跑了?"

"她?"张凯轻蔑地哼了一声,"她能跑哪去啊?她那个人没什么本事!"

邓朝辉没有说话,半天方道:"在这个社会,想要过得好,人就不能太聪明。"

张凯闻言笑了:"邓哥,这话说错了,您就是因为聪明所以才过得好。"

邓朝辉睁开一只眼,冷冷地看了他一眼:"你说错了,在这个社会想要过得好,有欲望就可以了。"

"那聪明呢?"张凯问。

"聪明的人都想要幸福，"邓朝辉道，"可幸福远远不止这些。"

张凯又答不上话了，他觉得邓朝辉这么苦恼，实在是无病呻吟。不禁想起当年张国荣跳楼的时候，他在网上看到的一个网友评论，说有几亿资产，长得又帅，又有名，又是双性恋，还要去死，这世界太他妈的不公平了。张凯那时候就觉得，所言甚是。现在听到邓朝辉这么说，他越发觉得有些人就是吃饱了撑的，得到了房子、钱，还不满足，还想要幸福。幸福是什么？在张凯看来，幸福就是苹果想买电脑的时候，就可以给她买苹果电脑，而且是最新的；苹果想吃好的时候，他就可以带她去最好的饭店；苹果想买房的时候，他张凯随手一指，就可以指着北京某个楼盘说：行了，我们要最好的那一套。其他的都是扯淡！

邓朝辉没有再说话，醉醺醺地回到家便睡了。很快便到了张凯第二轮的面试。面试的头天晚上，邓朝辉特地早回家，和他开了一个小会。两个人现场模拟了张凯去见客户的情景，邓朝辉坐在沙发上，要张凯模拟一个敲门进去和客户握手的场景。张凯觉得这太简单了，于是，他站在空旷的客厅中伸手假装敲了敲门，嘴里还发出"嘚嘚"的声音。

邓朝辉道："请进。"

张凯作推门状，然后看着邓朝辉，阳光地笑了笑，走到他面前，伸出手："邓总您好！我是某某公司的客户经理，我叫张凯，很高兴认识你！"

邓朝辉的脸色唰地变了，斜着眼睛看着张凯："你是谁？为什么到我的办公室来？"然后他抓起电视机遥控器模拟打电话的场景，"我没有通知你们，你们为什么要放陌生人进来？请你们迅速带他出去。"

张凯一愣，看着邓朝辉，然后马上反应了过来，我靠，这是临场的应急反应考试啊。他立马道："邓总，就算您不知道我，也肯定知道我们公司，我想可能是之前的联系上出现了哪些问题，请您原谅我突然闯了进来。可是，既然我已经到了，您是否应该给我一个机会，或者一分钟的时间，允许我和您认识一下。"

邓朝辉的脸色越加难看，冷冷地从牙缝里吐出两个字："出去。"

张凯尴尬地站在那。这时，邓朝辉站了起来，走到张凯身边，模拟出一个女性的声音，细声细气地道："这位先生，您是怎么进来的？请您赶紧出去。"

张凯不知道要怎么办。邓朝辉又道："如果你再不走，我就要喊保安了。"

张凯还是无法回答。邓朝辉又迅速坐回到沙发上，看着张凯："我不管你是多大的公司，我也不管你们公司的产品到底有多么优秀，但是你这样不请自来，我很反感。如果你代表了你们公司销售的素质，我看以后我们就没有必要再合作了。"

张凯艰难地吐出两个字，话音未落又被邓朝辉打断了："你们公司的销售总监是我的朋友，如果你再不出去，我看我有必要给他打一个电话，说一下你的表现，我想知道这是他安排的吗？或者是别的什么意思？"

张凯有些颓丧，勉强笑了笑："邓哥，您这是突然袭击啊。"

邓朝辉眉头一皱："怎么你以前面试没有到过二轮吗？"

张凯面上一红："到是到过，没见过这样的。"

邓朝辉抽出一支烟，点上，然后跷着二郎腿道："销售最重要的就是心理素质，这点场面你都应付不了，还怎么做销售？"

张凯看着他："如果您是我，您怎么办？"

邓朝辉看着他，突然笑了："我也不知道该怎么办，不过这种场面一定不会发生，因为你不是卖保险的。但是考验的只是你的心理素质，如果你僵在那，或者你不再反应下去，就说明你失败了。"

张凯点点头。邓朝辉道："你知道我为什么这段时间带你见很多人吗？"

"为什么？"张凯问。

"我想让你知道，他们和你一样，都是普通人。"邓朝辉的眼中闪过一丝冷酷的狡猾，"有的人并不比你聪明，只不过他们比你的欲望要多，而且他们勇敢，愿意冒险，愿意去赌，仅此而已。"

张凯不置可否："照您这么说，是个人就能够成功了？"

"那也要看谁教。"邓朝辉的脸上充满了自信与狂妄，还有一种奇怪的专注。这种表情张凯只在游戏高手的脸上看到过，那些随随便便就可以打到最高级的人，他们都有这样的表情。张凯很难理解邓朝辉为什么会把现实生活当成游戏，而且自己也是他这种游戏的某个部分。这让张凯的感情受到一丝伤害。虽然他承认，他和邓朝辉的交往，确实是贪图邓朝辉的帮助，但这些天相处下来，他也渴望得到邓朝辉的一点友情，甚至是一种手足之情。但邓朝辉显然没有。是因为张凯不值得他尊重，还是说他就是这样的兄长，喜欢用这样的方式对待别人？

那天晚上，邓朝辉想出各种各样奇怪的场景去刁难张凯，张凯最后也掌握了诀窍，不管邓朝辉如何古怪，他坚持用一种彬彬有礼的态度去对待他。邓朝辉非常满意他的表现，他欣赏地看着张凯，这是一个多么善良的好小伙，虽然他的好非常有限，但想要在这个社会立足，已经足够了。邓朝辉很清楚，张凯和自己不是同一种人，就像他们经常早晨一起出门，邓朝辉可以感受到空气中温度的变化，花园的一片树叶上挂着一颗晶莹的露珠；在乌烟瘴气的酒会中，他可以看到某个女孩脸上寂寥的表情。但张凯没有，张凯出门的时候充满着欲望，他身在花园，心里想的是高楼大厦，身在酒会，想到的是金钱与美女。他想得到更多！对于张凯来说，这种欲望已经足够了，足可以让他过上他想要的"幸福"生活。

邓朝辉最后对张凯道："你记住，第二轮面试不管是群殴还是单挑，你只要做到风度翩翩、自信满满，不断地反应，同时坚持把你的任务完成，就可以了。"

张凯点点头。这天晚上，张凯睡得特别香。其实，人生真的也像打游戏，只要你掌握了一些规则，你就不再感到恐惧，甚至不再感到彷徨。张凯觉得他通过邓朝辉逐渐掌握了一些规则，这让他获得了一种前所未有的自信。而这种自信是他自大学毕业以来，就一直没有寻找到的。

第二天一早，张凯早早地起床，然后在小区里跑步，回家冲凉吃早餐，换上面试的西服。邓朝辉依旧派司机送他去面试的公司。张凯发现，这次来面试的人，有几个是熟悉的面孔，也是自己在初次面试的时候遇到的。他立刻面带微笑上去和他们攀谈，那几个人的反应也都不慢，几分钟聊下来，各自都问到了哪个大学毕业，原来是做什么的，张凯发现他们的学历都比自己高，而且之前也都在大公司任职。当他们问到张凯的时候，张凯笑道："我当年差点没考上大学，所以上了一个本科就觉得万幸，再也不敢往下读了。"几个人都笑了。他们又问张凯原来在哪家公司就职，张凯笑道："我这辈子还没在大公司干过。几位是不是可怜可怜我，都回家吧，把这个工作让给我？"众人又乐了。但张凯在他们的脸上却没有看到不屑或嘲讽，相反倒是一种欣赏。他心里不禁暗赞邓朝辉，这也是邓朝辉教他的。当你不如别人的时候，你可以学会自嘲，因为自嘲是一种最极端的方式，如果一个人学会自己嘲笑自己，别人就不敢再嘲笑他。张凯不记得和邓朝辉同住的这段时间，邓朝辉到底说了多少这种语录式的名言，但张凯发现这种名言确实管用，或者干脆说它们是邓朝辉人生经验的金玉良言。

等面试开始的时候，张凯已经拿到了那几个人的联系方式。并且互相约定，不管大家能不能谋到这份工作，但以后肯定都是在各个大公司当销售的主儿，等各自定了工作，要找时间出来撮一顿。张凯道："同校的叫校友，我们同一轮面试叫轮友。"

"错,"旁边一个人道,"应该叫面友。"

几个人有说有笑,但气氛却逐渐紧张起来。因为第一个被叫进去的人,面带沮丧地走了出来,众人也不好问他面试的情况,他也没有多说,只是和大家打了个招呼就走了。紧接着第二个人进去,外面守候的人谈话越来越艰难。

张凯是第三个,他推开门走了进去,眼光一扫便看见六七个人坐在里面,另外还有一个人坐在远一点的角落。张凯觉得这个人有点面熟,似乎在哪个酒会上见过,不觉朝他点了点头。那个人先是一愣,接着也微微地向张凯点了一下头。一个秘书走过来,给了张凯一张纸,张凯一看原来是面试的题目,是要向客户介绍公司新出产的一个产品,场景是会议当中。张凯对这个新产品的介绍已经做了充分的准备,但通过昨晚的训练,他知道,说出这个产品,不是重点。重点是待会儿这帮人说不定会刁难自己的。他轻咳一声,看着每个人的眼睛微笑了一下:"大家好!我是某某公司的客户经理张凯,今天由我来向你们介绍我们公司的新产品计划。"

张凯话音刚落,一个女生突然尖叫了一声:"哎呀,我们之前沟通的不是要介绍你们的新产品,而是要对你们的服务做出一个介绍。"

张凯微微一笑看着她:"是吗?如果你对我们的服务感兴趣,那我想你更应该听一听我们的新产品计划,因为在那个计划当中会有你们最想要的一种服务。"

女生冷笑一声:"你怎么知道我们想要什么服务?我再给你说一遍,

我想听的是服务,不是新产品。再说我已经给我的老板汇报过了。"

张凯知道跟她纠缠下去,就会没完没了,他迅速地道:"请问你的老板是旁边这位先生吗?"

那小姐一愣,想了一下道:"不是。"

"太好了!"张凯一拍手,"既然你的老板不在,那我想他不会因为你在会议当中增加一个小小的内容而责备你。我想待会儿会议结束之后,如果你既能向他汇报出我们的服务,同时又了解到我们的新产品,了解到我们的新产品可以给你们公司带来什么样的好处和效益,你的老板一定会表扬你。"不等那女孩再说话,张凯冲她潇洒地一笑,"请你相信我,我从不欺骗女生!"话音一落,屋子里的人都笑了,那位女生也有点不好意思,大家都对张凯的表现显得有些意外。

张凯松了一口气,刚准备介绍新产品,女生忽然又道:"张先生,刚才我说错了,他就是我的老板。"

"是吗?"张凯看着旁边那位男士,"可是我刚才陈述理由的时候,他并没有反对,我想你的老板很满意我的说法。但是有一句话,我需要修改。"张凯看着那位男士,"请问您贵姓?"

那位男士道:"我姓李。"

张凯笑着问:"您是……?"

"我是产品经理。"

张凯道:"我刚才说我从不欺骗女生,那是为了尊重女士。其实我更

— 243 —

想说的是我从不欺骗客户，尤其是对待产品经理这样的客户。"

众人又笑了起来。张凯看了一眼大家："OK，我知道，今天只是一个面试，你们对我的了解远远超过我对你们的了解。但实际上你们的了解都是通过简历和我第一轮面试的表现，但是我很高兴你们可以给我一个机会，去向你们解释，去向你们介绍你们公司的新产品。我想对于这个新产品，你们的了解也许超过我，因为我只是拿到了一点面试的材料。但是我相信，我给你们的新产品的介绍一定是最有新意的。我会让你们对这个新产品的介绍耳目一新。而且我希望，如果在我的介绍当中，有对这个新产品有益的一些建议，或者说在以后公司向客户介绍的时候，可以用到今天我说的一句话或者两句话，那我觉得，不管我有没有拿到这个职位，我已经成功了。"

众人都看着他，沉默了几秒钟，似乎那沉默的时候就代表了一种掌声。张凯又道："我知道各位还要向我发难，我的面试时间只有十五分钟，现在已经过去了五分钟，我希望大家把发难的时间缩短到五分钟，剩下的五分钟要给我来介绍这个新产品的计划。你们一定要听一听，一个新人他有什么好的新建议。"

众人又微笑起来，其中一个人转过头，看着墙角的那个人，那个人微微点了点头。于是，那个看他的人转回头，对张凯道："现在请你用十分钟的时间来介绍你的新产品计划吧。"

"非常好！"张凯点头微笑，然后打开了自己的电脑。一个秘书上前帮他把电脑接到了投影仪上。张凯风度翩翩地站在屋子中间，忽而走到投影仪前介绍着自己的PPT，忽而走到电脑前为自己的PPT翻页。他感觉到自己的无比自信和风度翩翩。而且他觉得，这种群殴和邓朝辉的刁难比起来，简直太儿戏了。想到昨天晚上邓朝辉在其中一个刁难的过程中，不等自己有任何动作，突然举手打了自己一记耳光，打得张凯目瞪口呆，但还是快速反应道："请问这位先生，你是为了了解新产品计划才来打我的吗？"他不禁感到，要说这种刁难，谁也比不上邓朝辉，邓哥太刁了。

张凯的面试提前五分钟结束，他跟每一个人握手，向他们表示告别，同时又向那个角落里的人点头微笑，他确定那个人是在某个酒会上见过的，那人似乎也看他面熟，便又向他点了点头。张凯轻快地走出会议室，门外还有两个人在等着，张凯满面春风和他们握手，跟他们告别。那两个人问："怎么样？顺利吗？"

"挺顺利的。"张凯在那两个人的脸上既看到了希望也看到了失望，他微微一笑，转身走了出去。

二轮面试之后，张凯自我感觉不错，但他没有立即拿到三试的通知。连续几天，他陪着邓朝辉混迹于各个场所，心里有点惴惴不安。在这样的感觉中，他开始思念苹果。苹果虽然普通，却普通得踏实。而且正因为她太普通了，反而能撑起他作为一个男人的自信。这一天晚上，张凯登录了QQ，苹果不在线，也没有留言。他又登录了MSN，苹果的状态是离开。但是在MSN上却有一句不知什么时候的问候，你现在过得好吗？

你现在过得好吗？张凯一松手，身体往下驼了驼。他觉得一种久不见亲人的激动在胸中激荡。说实话，他是有点埋怨苹果把自己赶出家门。他觉得苹果这么做，违背了同甘共苦、患难与共的原则。他认为如果他是苹果，他是不会这么做的！所以他扛到现在，也不和苹果联系。但从理智的角度说，他又觉得苹果做的是正确的，自己实在是不像话，跟她恋爱多年，也没找到正经的工作，家里的大部分日常负担都由苹果在承受。这种矛盾的心理，让张凯很难过。这些日子跟着邓朝辉在欢场中流连，美女不是没有，而是很多很多。张凯在每个女人的脸上都看到了一种追逐：追逐更好的生活，追逐更成功的男人。这让他越发怀念苹果。因为他相信，把这些女人和苹果调个个儿，她们不要说为他分担七年的生活，就是跟他吃顿饭，喝一杯水，凭他目前的处境，那也是不可能的！

张凯觉得累了！他既渴望成功，又害怕失败。既被这样的生活吸引，又越发眷恋起和苹果的那个小家。张凯在 MSN 上打了一个笑脸，但苹果迟迟没有回应。张凯看了一眼时间，这个时候，应该是她最忙的时候，不是赶稿就是坐班。算了，他下了线，坐在房间里，觉得非常空虚。

不等张凯沉浸在低潮的感觉中，他的三轮面试机会到了。现在只剩下了两家企业，他立即打电话把这个好消息通知了邓朝辉，谁料邓朝辉只是哦了一声，什么也没有多说。这天晚上，邓朝辉没有回家，只剩张凯一个人。第二天早晨八点，张凯接到邓朝辉的电话。说把一个重要的文件忘在家里了，让张凯立刻帮他送一趟。张凯一愣："邓哥，那车呢？"

"车?"邓朝辉的声音不悦起来了,"车当然在我这,你是我兄弟吗?帮我送个东西还要计较车?"

"没有,没有,"张凯连忙解释,"我不是这个意思。邓哥,你在哪?"

"我在中关村。"

"行,我立刻给你送。"张凯依照邓朝辉的指示,在书房的抽屉里找到了一份文件,然后他疾步走出小区,这个小区在东五环,环境极其优雅,从里面要走十分钟才能走到街口有出租车等候的地方。张凯上了车,师傅问:"去哪?"

张凯问:"到中关村要多少钱?"

"现在是早高峰啊,"司机道:"这会儿打车过去,没有二百三百你也到不了啊。"

张凯算了一下,二百三百也太贵了。他想了想道:"那就去四惠地铁站吧。"

"行,"司机师傅道,"其实还是坐地铁最方便。"

张凯没说话,不一会儿,车便把他拉到了四惠地铁。张凯进了地铁站,觉得到处都是人,空气中洋溢着匆匆的味道。这味道让张凯有一些陌生,他已经很久没有早起赶地铁了。不一会儿,地铁到了,张凯挤上车,像贴大饼一样贴在众人当中,他先坐一号线到双井,再坐十号线到中关村,沿途辗转了二十几站地铁,一个半小时后,他终于来到了邓朝辉所说的那个大厦。他拿出手机给邓朝辉打电话,邓朝辉道:"我前面一直给你电话,但是打不通你的手机,我想告诉你我已经不在那了。"

"啊?"张凯道:"邓哥,那你在哪?"

"我在上地这边,你有办法坐十三号线吗?"

张凯想了想:"行,那我再给您送。"说完,他又坐回十号线,再倒十三号线。可出了十三号线,张凯才发现,邓朝辉所说的那个地方,离地铁站还要很远。他正考虑是打车还是想办法问问公交车,一个短信到了,是邓朝辉,告诉他某一路公交车可以直达。于是张凯便在地铁站周围找到了公交车站,上了公交车又坐了七八站路才到那个公司的楼下。等他给邓朝辉再打电话时,邓朝辉告诉他,让他把文件放在前台,然后就可以走了。张凯嗯了一声,挂上了电话。他又累又饿又渴,满心以为把东西送到地方,至少能跟邓朝辉见个面,一来说一下自己要三轮面试的事情;二来怎么也能喝口水,歇一会儿;三来没准能跟邓朝辉的车回去。现在看来,又得靠自己了。既然花自己的钱,他还是很小心的,手上没有几个现金,还欠着邓朝辉一万块钱买衣服的费用,他可舍不得打车呀。于是张凯坐公交转地铁,地铁再转地铁,一直转出四惠地铁站,这才打了个车回到小区。等他到家的时候,已经下午一点半了。张凯一进门,换上鞋便瘫在了沙发上。天啊,太累了!难怪古人说由俭入奢易,由奢入俭难。这好日子过惯了,再想过苦日子还真不习惯。他想吃点什么,却发现阿姨不在家,冰箱里空空如也,只有几包快餐面。张凯便自己动手下了碗面吃。到了晚上阿姨也没有来。他只好接着吃快餐面。大约十点过,邓朝辉开门走了进来。

"邓哥，回来了？"张凯欣喜地道。

邓朝辉哼了一声，也不搭理他，转身便上了楼。

张凯有些不明所以，忍不住喊了一声："邓哥。"

邓朝辉转过头看着他，神态依旧冷冷的："你有什么事？"

"我没事。"张凯不觉有些尴尬，"就是想和你说说话。"

邓朝辉转过身慢慢地走了下来，看着张凯："你什么时候三轮面试？"

"下一周。"

"有把握吗？"

"现在不好说。"

邓朝辉点点头："你知道每个游戏都有打通关结束的时候吗？"

"我知道。"张凯心中一惊，继而一凉，邓朝辉说这个话是什么意思？

邓朝辉点点头："知道就好，等你三轮面试结束，我想你在我这儿的日子也就结束了。所以能不能拿到这个 offer，就要看你的表现了。"

张凯点点头："可是，邓哥，万一我……"

邓朝辉看着他："万一你什么？"

"没什么。"张凯脸皮再厚，也不能说下去了，他勉强笑了笑，"谢谢你这段时间对我的照顾！"

邓朝辉看着他，微微一笑，转身走了。张凯不明白邓朝辉是怎么想的，难道这个游戏到下一周就结束了吗？可如果自己没有拿到 offer，他就要把自己赶出家门吗？那自己能去哪儿？去找苹果？苹果能接受他吗？就算接受了，不还是一个一无是处的自己吗？他两手空空，又怎么解释自己这段时间的经历？

张凯无比焦虑，感觉到了即将无家可归的难堪与痛苦。这种压力比他离开苹果的时候更大更难受。因为他当时的感觉，就像小夫妻吵架，自己只是暂时离开家。但在邓朝辉这一住两个多月，好像真的和苹果断了某种联系。如果不捧一份大礼回去，还真不好开口。而在邓朝辉这里住了这么久，他也不知道自己离开这以后，如果找不着工作，苹果也不让他回去，他还能去哪儿，能过上一种什么样的生活？

张凯思来想去也没有什么好办法。一连几天，他吃不下，睡不着，人瘦了一圈。邓朝辉也像故意折磨他，不仅自己不回来吃饭，还放了阿姨的大假。张凯每日吃快餐面为生，又怕邓朝辉赶他出门，表面上不敢露出一点不快，还帮着收拾屋子，打扫卫生。这种耻辱让张凯暗下决心：一定要得到好不容易有的工作机会！他每天拼命地在网上学习那家公司所有的信息，反复模拟训练面试中会遇到的各种问题与场景。每天在空荡荡的房子里自问自答，这股劲儿，他除了高考过后就再也没有试过了。

张凯太害怕在三试中有疏漏或者错误，因为，他现在真的输不起！

一周的时间眨眼过去了，明天就是张凯三试的日子，张凯有些不安。邓朝辉回来得很早，进门就拉着张凯说出去吃饭。张凯对他心怀不满，却也不敢说破，连忙跟着他出了门。邓朝辉带着他来到南城的一个小区，进到一个小面馆。面馆不大，收拾得也不干净。邓朝辉叫了两碗面，和张凯吃了起来。张凯不明白他为什么带自己上这吃饭，也不敢多问，生怕惹恼了他，影响了明天的面试。吃着吃着，一个中年男人走了进来，一屁股坐在邓朝辉旁边："朝辉，你来了？"

邓朝辉笑笑。那人又道："怎么不事先说一声？还是店里伙计告诉我，才知道你来了。"

邓朝辉道："你又出去打牌了？"

"打得小，玩一玩，店里生意不好。"

邓朝辉点点头。那人看了张凯一眼，道："这是你朋友？"

邓朝辉点点头。那人笑了一声，也没再说话。邓朝辉道："你要打牌就先走吧。"

那人点点头，站起身走了。张凯忍不住问："邓哥，这是饭店的老板？"

邓朝辉摇摇头："这饭店的老板是我。"

张凯吓了一跳："怎么会是您呢？"

邓朝辉道："我刚来北京的时候，就住在这个小区。有一段时间，我没什么钱，就天天上这个老板摆的摊子上吃面条。他也看出来了，什么话没说，每天给我的面都比别人的要多。两块钱一碗的面条，吃一顿能管一天。我就跟他开玩笑，说等我有钱了，就帮他开一个饭店。他说饭店他打理不了，开一个小面馆就够。所以后来我就给他开了这个面馆。他不是个能发财致富的人，但对人很好。店就这么不死不活地开着，不过我无所谓。"

"邓哥,"张凯不禁有些感动,没想到邓朝辉还有这样的事情。

邓朝辉看着他:"这一个礼拜,你有点怨我吧?"

"没,没有,"张凯吓了一跳,连忙道,"我哪敢怨您啊,我还得谢谢您。"

邓朝辉道:"你知道你做人有什么问题吗?"

张凯摇摇头。

邓朝辉道:"你是个不知道感恩的人。"

张凯没想到邓朝辉会这么直白地说话,心里一跳,脸一下子就红了:"邓哥,你怎么这么评价我呢?"

"你女朋友养了你七年,把你赶出家门,你都没有想着回去问候问候她。"邓朝辉抬了一下手,阻止了张凯的解释,"而且这七年中,你也没有好好地去找工作。所以我从开始就给你说过,我不指望你感谢我,一切都是个游戏,因为在这个世界上知道感恩的人很少。但是如果一个人不知道感恩,他就很难成功。对家庭是这样,做事业同样如此。明天就是你的第三轮面试了,通过这一个星期,你体会到什么?"

"邓哥,"张凯觉得自己领会了邓朝辉的心意,不仅感激地道:"邓哥,原来这一周你是磨炼我啊?不瞒你说,这一个礼拜我吃快餐面,坐地铁,赶公交,日子过得很辛苦,我就在想,我无论如何要抓住这个工作机会。"

"哦，"邓朝辉道，"为什么？"

"只有这样我才能过上好生活，努力地去工作，努力地去创造。邓哥，你批评得对，我已经七年没有好好努力了，我从现在开始也不晚。"

邓朝辉看着他，脸上流露出无奈的表情，半响道："如果你这样告诉明天最后一轮面试你的人，你也许会失败的。"

"为什么？"张凯惊讶地道，"难道他招一个人不就是为了好好工作吗？"

邓朝辉的嘴角不屑地挑了一下："我说了，我今天教你的是感恩这两个字，哪怕你从内心里感受不到，明天你装也要装出这个样子。明天面试你的这个人，可能是真正有权力决定要你还是不要你的人。同样的工作，同样的薪水，他可以给你，也可以给其他人。他除了要你好好工作，还需要你做一件事情。"

"哦，"张凯道，"你是说，我要感谢他？那是当然的了，我肯定感谢他给我这个机会，而且我会好好努力，我不仅为公司努力，也会为老板努力。"

邓朝辉点点头："明天谁招你进去，将来就有可能是你的老板。你要表达对他的感激之情，告诉他在以后的工作当中，你会追随他。"

"对，对，对，"张凯连声道，"我就是告诉他我跟对人了。"

邓朝辉"嗤"地笑了一声。他看着张凯："算了，有些事情不是教能教会的，你给我说句实话，如果工作定了，你打算怎么办？"

"邓哥，"张凯道，"我肯定不能赖在您这儿，您放心，我会找地方搬家的。"

"我不是这个意思，"邓朝辉的脸色阴沉了，"我是说你跟你老婆的事。"

"嘿嘿，"张凯笑了笑，"邓哥，我知道您为我好，您放心，等我一落实了工作就去找她。人家给你吃碗面，你能帮人家开面馆。我老婆养了我七年，我不会忘记她。"

邓朝辉点了点头，笑道："这话说得还像那么一回事，不枉你跟了我这么久。"

张凯也笑了："将来我一定告诉我老婆，邓哥是多么维护她呀。"

邓朝辉脸上的笑容隐去了一些："不是人人都会对你好的。其实很有限，就这么一个人或者两个人，或者三四个人。"

张凯觉得邓朝辉好像在对自己说话，又好像在自言自语："如果你错过其中任何一个，你都会感到后悔。可有时候，后悔也解决不了问题。"张凯闻言心中一动，忽然想起邓朝辉在卧室里哭泣的场景。他小心翼翼地问："邓哥，你是不是错过什么人？"

邓朝辉摇了摇头，忽然道："走吧，我也吃饱了，我们回家，明天你还要面试呢。"

在回家的路上，张凯想起上次二轮面试群殴的时候，有一个坐在角落里的人，他把这个细节告诉邓朝辉。邓朝辉眉头一皱道："你明天见了这个人，小心一点，他很有可能就是你未来的老板。"

张凯点点头。第二天的三轮面试，只有张凯一个人在场，也许其他的两三个人都在其他的时候分别进行了最后的谈话。张凯坐在会议室，等着那个面试的人，一个女孩走了进来，给他倒了一杯水。张凯抬眼一看，却是上次那个为难他，被他用我从不欺骗女生堵回去的女员工。张凯笑了笑，那女孩也笑了笑，算打了个招呼。

张凯问："面试的人什么时候来？"

"一会儿就到。"

"要是我面试成功了。"张凯道，"我就请你吃饭。"

"好啊，"那女孩眼前一亮，"你可记住你说的话。"

"那当然。"张凯道："我不是从不欺骗女生吗？"

两个人都呵呵笑了，那女孩转身走了出去。不一会儿，一个男人走了进来，张凯连忙站起身，果然就是那天坐在角落里的人，那人朝张凯点点头，示意张凯坐下。张凯坐在他的对面，不禁有些紧张。好不容易走到了这一步，他还真的害怕失去这个机会。

"你叫张凯？"那人道。

"对。"

"我是这家公司的销售总监，我叫皮特，你叫我皮特陈就可以。"

"陈先生您好！"张凯连忙毕恭毕敬地道。

"现在只有我们两个人，"皮特陈道，"说说你为什么要进我们这家

— 255 —

公司?"

"为了生活。"张凯道。

"哦?"皮特陈饶有兴趣地打量着他,"说说看?"

"我知道我的学历不是很高,"张凯想着邓朝辉教他的感恩的感觉,同时由于恐惧失掉这个工作机会,声音听起来分外发自肺腑,"我没有受过什么海外的教育,也不是什么名牌大学的名牌博士,我就是个普普通通的本科毕业生。从我大学毕业开始,我的工作就非常艰难,可能对于像您这样的人来说,一个好工作不意味着什么,但对于我这样的人来说,一个好工作就意味着我能在这样的城市,吃得好,穿得好,给我老婆一个想要的生活。同时,作为一个男人,我就有一份事业,有一份面子,能够撑起一个家庭。"张凯看着皮特陈,"我没有大的志向,成为一个企业家,或者成为一个有钱人,我只有小的志向,成为一个好公司的好员工,这就是我的梦想。"

皮特陈微笑了,他看着张凯:"除此之外呢?"

"我有一个朋友,"张凯灵机一动,"他在北京最落魄的时候,有一个面摊的老板,每天给他下面的时候,都给他多放很多面,后来我这哥们发达了,就给这个摆小摊的老板开了一个小面馆。他告诉我,这就叫感恩。"张凯道,"陈先生,我知道招我还是不招我,对您来说就是人生的一件小事,但对我来说,就是人生的一件大事。就想我那个朋友,有人给他一碗面吃,他就能活下来,而且能够活得好。对我来说,如果您给我这个工作机会，我会终身感谢您为我打开这个大门，让我进入世界五百强工作，给我这样的年轻人一个人生的机会，我会终生感谢您！"

皮特陈看着张凯的表情，不禁有些复杂，既有点意外，又有一点感动。张凯似乎通过他脸上的表情能看到一种好运即将降临，他趁热打铁又补了一句："陈先生，虽然我没有机会，也不可能将来超越您，给您开一个什么样的面馆。但如果有需要，我会一直追随您，向您和向公司尽我最大的努力去工作。"

皮特陈的脸上展露开了一种笑容，他看着张凯，忽然问："你说的这位朋友，我认识吗？"

张凯刚想说出邓朝辉的名字，忽然转念一想，邓朝辉此人行事神龙见首不见尾，万一在外面得罪什么人，他也不知道。于是张凯道："他是我的老乡，不是这一行的，您肯定不认识。"

皮特陈点点头："行了，你回去等消息吧。"

张凯的心里闪过一丝失望，他看着皮特陈："那我……？"

"我虽然现在不能给你一个确定的答复，"皮特陈道，"不过我很高兴，作为一个员工，你能有这样的态度。我想好的消息是需要等待的。"

"陈先生，"张凯听出了他话外的意思，不禁激动起来，"陈先生，我……"

皮特陈摆摆手，站起来："今天的面试到此结束了，再见。"说完，他转身便离开了。

等他一走出会议室，张凯不禁跺了一下脚，原地转了一个圈，太棒了！很明显他被自己刚才的那些话完全打动了，邓朝辉真是神人啊！他先是让自己过苦日子，充满了对好工作的渴望，再告诉自己一个感恩的故事，让自己能够情真意切地表达，这是一个真正游戏的高手！

张凯不禁有些感慨，他急于把这个消息告诉邓朝辉，便收拾好东西朝公司外面走，还没有走出公司大楼，他就接到皮特的秘书打来的电话，通知他三天以后跟着皮特陈去广州出差。张凯有些不能肯定，不禁问："您的意思是说我通过面试了？"

"这个我不好说，"秘书道："我是皮特陈的秘书，至于您有没有拿到offer，归人事部门管，我只是按照皮特先生的话，来向您转达。"

张凯挂了电话，连忙给邓朝辉打了过去，把事情简单地说了说，邓朝辉一听便笑了："祝贺你！"他在电话里慢条斯理地道，"你终于找到了你想做的工作。"

"谢谢！"张凯这话是由衷的，"邓哥，谢谢您！"

"不用谢我，"邓朝辉道，"你这两天有什么打算？"

"我准备出差，"张凯脱口而出。他猛地想到，邓朝辉所言可能指的是苹果，忙又改了口，"除了准备出差，我要去找我老婆好好谈谈。"

他说"老婆"这个词的时候，加重了语气。邓朝辉果然笑了："如果你跟她和好了，就从我这搬回去吧，你在我这儿住得太久了。"

"邓哥，"张凯不禁有一丝舍不得，"等我出差回来之后再搬吧，我还欠着您钱呢。"

"等你挣到钱了还我不迟，"邓朝辉忽然又笑了一声，似乎在嘲笑什么，"你将来，还能记得有我这个人就不错了，至于什么时候搬你看着办，但是不要拖得太久。"说完，他挂断了电话。

张凯摸不透邓朝辉的意思，难不成自己在邓朝辉的心中，就这么不知感恩吗？张凯不禁有些怨气，说到底自己也是堂堂的男子汉，事情没办给他看扁了，这也真有点过分！可听他的意思，他是不会让自己长住了。可他还是不想这么快去见苹果，万一工作有什么意外，到时候苹果又不让他回家，他又从邓朝辉那儿搬了出去，岂不是真是无家可归了？既然邓朝辉没有百分之百地命令自己搬走，张凯便下定决心，在他那儿赖上几天。

三天之后，张凯跟着皮特陈到广州出差，一路上自然是鞍前马后，小心跟从。他这段时间跟着邓朝辉出入，自然学到了不少礼仪，也学会了看人的眼色行事。何况他时刻牢记邓朝辉教他的话，对皮特陈表现得忠心耿耿，似乎他是他命中的大恩人、大救星。皮特陈方方面面都对他很满意，提前和他透了些公司的人事关系，有意无意之间，说了不少在公司的注意事项，耳提面命，着实让张凯感到暗暗的激动。他离好工作越来越近了！

一个星期后，张凯跟着皮特陈从广州回到北京，直接到人事部办理了入职手续。他领到了公司的门卡、饭卡甚至星巴克喝咖啡的折扣卡，张凯的手里捏着这一堆卡片，这才踏踏实实地确定了，他真的搞定了一份工作，一份非常好的工作！

他迫不及待！他轻飘飘地逍遥自得！他决定要给苹果一个结实的"打击"，让她看到，她小看了他七年，是个完完全全的错误！

张凯特意把向邓朝辉借钱买的新西服干洗了，又把公司发的新电脑包擦得干干净净地，脚上的皮鞋、头上的头发，自然打理得一样有型。然后，他意气风发地来到苹果报社楼下。他看了一眼时间，正好是傍晚六点，现在是苹果最忙的时候。他拿出手机，打了苹果的座机电话，电话刚响两声，他便听到一个熟悉的声音："你好！我是苹果。"

"你下来一下，我在楼下等你，我有话要跟你说。"张凯拖着声音，慢条斯理地说道。他感觉自己的声音特别有自信，特别有征服的魅力，这男人，有事业和没事业真是不一样啊！电话没有声音，过了几秒钟，居然挂掉了。张凯不禁有些恼羞成怒，这是什么女人？！自己混好了回来找她，她一点面子也不给？！

张凯站了一会儿，开始疯狂地给苹果打电话，打手机没有人接就打座机，打座机没有人接就打手机。他打了座机打手机，打了手机打座机，终于，有人接了座机，却告知他苹果不在，不知道人去哪儿了。这个女人，居然还跟他摆架子！张凯愤愤不平！公司人事部文员俏丽的身影一下子闪了出来，她这真是不知好坏啊，自己在什么处境下回来找她，她要是错过了这个机会，可真别后悔。只要他有事业，外面有的是女人，大丈夫何患无妻？！

张凯又等了一会，一咬牙一跺脚，转身便走！他走了两步，突然发现报社大厅的玻璃窗户旁边躲着一个女人,她低着头弓着背,脸埋在一棵发财树的枝叶中,看起来很像苹果。

张凯有些奇怪,慢慢地走了进去。她还是低着头,面对着绿色植物,不知道在干吗。张凯又走近了一些,毫无疑问,这个人就是苹果。只是,她看起来似乎瘦了很多。张凯想走到她后面,伸手拍她吓她一下。等走得近了,他才发现,苹果的细长的脊背在微微颤抖,并不宽阔的肩膀不停地抽动着,似乎在哭泣。张凯的心忽然软了一下,不禁问:"嗨,哭什么呢?"

苹果没动,似乎哭得更凶了。张凯假装满不在乎:"别哭了,以后跟着你老公好好地混吧。"

此话一出,他愣了一下。原来在心中,他一直把自己当成苹果的老公。原来他从来没有放弃过这个想法。算啦,穷人穷命,哪里还会有第二个女人再收留他七年。苹果还是不说话。张凯嬉皮笑脸地说:"嗨嗨嗨,能不能先把头转过来。"

苹果当真听话,转过了身体,把对着发财树的脑袋偏了过来。张凯这才发现,她哭得稀里哗啦,两只眼睛已经红肿了。

"你这是哭什么呢?"张凯看着她的狼狈模样,心里有些发酸,"我不就是离开家两个多月吗?再说,我也没闲着啊!"

苹果只是看着他,只是掉眼泪,泪珠儿大颗大颗地顺着脸颊往下落。张凯虽然习惯了她哭、她闹、她伤心的软弱、她无比的悲伤却无可奈何的指责,但离开了两个多月,他觉得有一点不适应,还有一点不喜欢。这是干吗嘛,他又没有死。想到这儿,他赶紧道:"我给你汇报汇报,我已经找到工作了,你老公我现在是一家大公司的销售。"

听到这话,苹果没有回答,只是看着他,眼神茫然又可怜。慢慢地,她眼泪止住了一些,肩膀也不那么抽动了。她根本不相信张凯说的话,凭他的资历,根本找不到好工作。难道这七年的时间,还不足以证明一切吗?可是,他现在这样站在她的面前,她真舍不得赶他走。她实在过不了一个人的生活。她知道自己没有用,既没有本事搞定条件好的男人,也没有本事把孤独的日子过充实了。那要怎么办?苹果的内心无比纠结:那就留下他吧,养他一辈子!

然后所有的问题在这个决定中,全部回来了:房子——哪儿是她的安身之所?钱——她总要吃饭吧,总要生活吧,父母年纪一天天大了,她总要有点积蓄吧?孩子——她拿什么地方养孩子?拿什么钱养孩子?

她找一个男人,就是为了花钱找一个陪伴的人吗?寂寞有那么可怕吗?孤独有那么可怕吗?苹果在这个时候恨死了自己:她为什么会这么软弱?她为什么会这么没用?

天啊!老师父母啊,你们都教给我什么了?!我真是一个没有用的废物啊!苹果泪眼蒙眬地看着张凯,口不由心地顺着他的话往下说:"你说真的还是假的?"

此话一出,苹果再一次地感觉到,自己防线的全部退让与突破。算了吧，她就是这样的女人，没有用啊没有用！真是没有用！

张凯哪里能体会到，苹果内心的自卑与痛楚。他扬扬自得地把电脑包推到苹果面前，"看看！公司发的！"他又掏出一张门卡，塞进她的手里，"这也是公司发的！"接着又掏出一张名片，"看，这是你老公的名片！"

他说你老公的时候说得特别响亮，好像要把男人的尊严全部表现出来。表演到这儿，他觉得漏了什么，赶紧又掏出星巴克的卡："你看！你看！这也是我们公司发的！充了值了！你随时都可以去。"

他见苹果没有表情，又补了半句："去喝咖啡！"

苹果看着他，有一点清醒了。难道他真的找到了好工作？！她这时才开始打量他，他穿着西服，不，是一身很好的西服，她还没有见过他打扮得这么好！还有，上次同事们说，看见他坐着豪车，穿着名牌，难道他没有骗自己，他真的出去找工作了？！而且找到了好工作又回来找自己表白？！

苹果有点眩晕。如果一个人买了七年彩票都不中奖，上帝怎么会把好运气留给她？！难道这世界真的所言不虚，有付出就有回报？！难道她真的在莫名其妙的坚持之后，能收获到一点东西？！她，苹果，一个普通到不能再普通的女人，会收获一段伟大的爱情，有一个真正能给她一个家的好男人？！

苹果惊得有点呆，而且有点发蒙。她看着张凯像变戏法一样变出的这堆东西，咽了一口吐沫："你真的找到工作了？"

"真的。"

"一个月多少钱?"苹果不假思索地问。

张凯扑哧笑了:"你这个财迷,你就知道钱。"

"到底多少钱?"苹果认真地问,而且她有点生气了,张凯怎么能对这样的问题无动于衷呢?

"也没多少钱,"张凯拉长了调子,"年薪也就二十万吧。"

"多少钱?"苹果觉得自己的耳朵出了问题。

"二十万,"张凯心里也没有底,"当然了,要看你老公能不能完成业绩,完成得好,可能还不止呢!"

苹果迅速地算了一下,二十万,一个月一万多,如果能买房,也可以付贷款了。这么一算账,她冷静下来,狐疑地看着张凯:"你真的假的?"

"喊!"张凯对苹果的表现有点失望,怎么既没有爱情的不离不弃,也没有得到之后的狂喜呢?他不禁道,"邓哥还让我感恩,我感什么恩啊?女人就是庸俗,有了钱就什么都好说了。"

"你胡说什么啊?邓哥是谁?"

"就是收留我的人。"

"他是男的还是女的?"

"废话,邓哥还是女的吗?"

"张凯,"苹果还是不能相信自己会有什么好运气,喘了一口气,认命地道,"你要找不着工作也没有关系,你在下面等我下班,晚上我们一起回家。"

"我真的找到工作了,"听了这话,张凯心中有点感动,他假装生气地道,"你再这么说我就走了。"

"好吧好吧,"苹果道,"我信你。"

"这才像话嘛!"张凯拉着苹果走到角落的长椅上,打算好好地向她吹吹自己的传奇经历,两个人刚坐下,苹果突然尖叫一声,"几点了?!我要上去赶稿子,要开天窗了。"

张凯被她吓了一跳:"七点半。"

"我要死了,"苹果哆哆嗦嗦地飞快地站起来,"上面肯定乱套了,我有一个大稿子今天要交。"

"你赶紧去吧,"张凯也知道她的工作,"晚上我来接你,我们一块回家。"

"你的行李呢?"

"我哪有行李?"张凯道,"像我这样一无所有的人,身上的就是我的行李了。"

苹果转头要走,突然一把拉住他:"张凯,我,我,你……?"

"怎么了,"张凯笑了,"有话就说啊。"

苹果心一横:"你有了工作,不会不要我了吧?"

"你说什么傻话?"张凯心里一软,知道她向来担心自己发达了不要她,"你养了我七年,就算你对我再不好,我也得养你七年,不然这笔债怎么算得清楚?"

苹果听了这话,嘴角向两边咧开,笑了一下,点点头,便离开了。

张凯看着她的身影消失在电梯门后,不禁长长地出了一口气。此时,天已经擦黑了,人们进进出出地从这个大厅走过。这个地方他以前常来,熟悉得像自己家一样。但今天他却感觉如坠一个梦中。刹那之间,邓朝辉、面试、好工作、那些欢场等等,突然离他很远很远,他有的,只有苹果和曾经的生活。不,他摇了摇头,是现在的生活。他要和苹果回家了,他有一个工作,有一个叫做皮特陈的老板。

张凯独坐良久,慢慢地站起来,走到外面的小面馆,随便吃了点东西。其间苹果电话了他几次,问他在哪儿,在干什么,十二点来不来接她。张凯觉得有点不耐烦,但又觉得很踏实。他忽然不想回邓朝辉家了,也不想再见到邓朝辉。哪个人有家,还想过寄人篱下的日子?说实话,邓朝辉给了他太大的压力。他打了个车,来到邓朝辉的小区,觉得这儿的良好环境,今天看来,都有梦境的感觉。他不希望邓朝辉在家,而邓居然真的不在。张凯收拾了行李,觉得自己不打一个电话,实在有点说不过去,便给他打了一个电话。邓朝辉说在忙,张凯说:"邓哥,我要搬走了。"

"哦,"邓朝辉似乎没有任何意外,"行,你把钥匙留在茶几上,我有事,先忙了。"

张凯挂上电话,觉得这个告别仪式,实在太简单了。苹果又来电话,询问他在哪儿,他不想多说,只说在外面,一会儿回报社。

就这样，张凯和苹果回了家，过着自己的生活。虽然张凯不太愿意提起邓朝辉，但是不说邓朝辉，他无法向苹果解释自己这两个月的生活。于是，他多多少少还是说了一些。苹果很感谢邓朝辉，觉得他们应该请邓哥吃个饭，聊表谢意，但张凯内心深处并不愿意，只是拖着不办，后来被苹果逼不过，给邓朝辉打过几个电话，发过几次短信，说想约他见面，夫妻两人请他吃个饭，表示一下感谢，但邓朝辉始终说忙，张凯也就不以为意了。

两个月后，张凯把一万块钱现金打到邓朝辉的卡上，慢慢地，二人便不再联系。直到有一次，他和苹果吵架，苹果骂他天性凉薄，说他对自己老婆不好，又说他受了邓哥的大恩德，却没有带苹果去看他一眼，也没请人家吃过一回饭。张凯这才有些警觉，他忽然想起邓朝辉曾经说过，将来你别忘了我之类的话，不禁心内有些震动，原来人忘记别人给自己的好处，是这么容易的一件事情。就像他现在对苹果，其实也谈不上好与坏，只是过日子吧，只是生活吧。

张凯掰着手指头数了数，他跟邓朝辉整整一年未见，他确实应该谢谢邓哥。可惜张凯再打邓朝辉的手机，对方已经换了号码，他也没有勇气去邓朝辉家探望他，于是，邓朝辉便成为一件不了了之的事情，成为一个模糊的回忆。如果苹果不是邓哥邓哥地老提这事儿，张凯基本已经淡忘了自己的悲惨经历。而且他觉得苹果提邓哥，不是为了让他记得邓哥，而且为了提醒他，别忘记了她养了他七年的故事。为此两个人也没少吵，可吵也吵不出个所以然。

至于那个让张凯说"我从不骗女孩的"的女同事，倒是和张凯在公司相处融洽。张凯知道她有一个男朋友，她也知道张凯结婚了，不过两个人经常一起吃午饭，偶尔还一起看个周末电影。张凯明知这样暧昧不对，但也控制不了自己。而且，他也知道自己不会放弃苹果，这年月，玩情调可以，动真格的为爱情养他七年，除了苹果，他再也找不到第二个。他和苹果已经买了一套二手公寓房，如果没有意外，他们会再生一个孩子。对张凯而言，普通人的幸福生活就是如此美好，不可复制！